明治剣狼伝

西郷暗殺指令

新美 健

時代小説文庫

角川春樹事務所

目次

明治剣狼伝　西郷暗殺指令

登場人物紹介

村田経芳　陸軍少佐、村田銃の開発者。自身も狙撃の名手として世界に知られる。
藤田五郎／斎藤一　警視徴募隊二番小隊半隊長。かつては新撰組の三番隊組長。

〈西郷救出隊〉
竹内儀右衛門　旧庄内藩士。救出隊の指揮を取るはずだったが、合流前に暗殺される。
鈴木佐十郎　野武士めいた元新徴組。維新での戦いに参加したという。
広瀬孫四郎　旧庄内藩出身で海運に携わる豪商の息子で、操船に長けている。
松蔵老人　北越戦争に参加の後に渡米し、帰国してきたという歴戦の老人。
お森　村田経芳に匹敵するほど、銃の扱いに手慣れた、奔放な少女。

〈旧佐幕派〉
福地源一郎　東京日日新聞社社長。福地桜痴の名でも知られる才人。
河井継之助　旧長岡藩の蒼龍と呼ばれ、家老上席と軍事総督を兼任。北越戦争で戦死。
古閑膽次　警視庁の密偵。元新選組隊士。かつては齋藤とともに会津にて転戦した。

〈旧倒幕派〉
西郷隆盛　維新の英雄。征韓論に敗れて下野。西南戦争を引き起こす。
山県有朋　長州閥の陸軍卿。新政府において軍政家として手腕をふるい、陸軍の基礎を築く。
大久保利通　薩摩閥の内務卿。西郷隆盛の盟友で、彼の救出指令を村田・藤田に出す。
有坂成章　長州藩出身の陸軍軍人。山県の子飼いで、後に村田経芳の後継者となる。
島津久光　旧薩摩藩の最高権力者。明治維新後の廃藩置県に強く反対する。
島津斉彬　旧薩摩藩主。西郷隆盛を登用するが、倒幕運動前に病没。
川路利良　初代大警視を務めた「日本警察の父」。西南戦争で西郷と対立。
陸奥宗光　坂本龍馬の盟友。薩長専横に怒り、和歌山へ帰国中。後の外務大臣。

序章　北越の魔王

陣地で盛んに篝火《かがりび》が焚《た》かれ、大砲の咆哮《ほうこう》が闇《やみ》を震わせた。

信濃川の流れと八町沖《はっちょうおき》の沼地の狭間《はざま》で、奥羽越列藩の同盟軍と新政府の征伐軍は互いに砲陣を築いて対峙《たいじ》している。

暁八つ。

いわゆる丑《うし》三つ時（午前二時頃）であった。

沼地の岸辺に、泥だらけの重い身体《からだ》を引きずって、何者かが這《は》い上がった。

声もなく、闘気をあふれさせ、双眸《そうぼう》を光らせて……。

一人、二人……十、二十……

その数は、一刻のうちに六百を超えていた。

払暁――。

寄せ手にとって、攻撃に適した時間だ。

そして、守り手には、恐るべき魔の刻である。

神経は疲弊し、身体が硬くなっている。眼《め》の奥が痛み、関節が苦情を訴える。白々と明ける世界は希望を意味しない。長い一日を予感して、気分が鬱《うつ》する。次の朝陽を浴びるまで、はたして生きていられるのか……。

暁七つ。

寅《とら》の刻（午前四時頃）。

「敵じゃ！　敵じゃぁ！」

征伐軍の堡塁《ほうるい》に、泥色の軍勢が襲いかかった。

後方陣地でまどろんでいた守備兵は狼狽《ろうばい》した。嘘《うそ》だ。こんなところに敵がいるはずがない。かけ声もなく、いきなり槍《やり》で胸を突かれた。刀で首を刎《は》ねられた。恐怖に駆られ、無闇に鉄砲を放ちながら、西側の兵たちは遁走《とんそう》を開始した。

慶応四年（一八六八）七月二十五日。

北越の戦線で、鬼神の宴がはじまったのだ。

「おぅおう、よしたよした」

先勝の報を受け、河井継之助《かわいつぐのすけ》は、日の丸の陣扇をぱらりと開いた。

長岡藩に蒼龍《そうりゅう》在り——。

武辺の体格にこそ恵まれなかったが、家老上席と軍事総督を兼任し、堂々たる貫禄《かんろく》を備えていた。不惑を越えた分別盛りだ。目尻の下がった愛嬌《あいきょう》ある貌《かお》に風流人の気配さえ漂わせている。

陣笠《じんがさ》の奥で、鳶色《とびいろ》の双眸が鋭く光った。

「……さぁて、参ろうか」

継之助は、八町沖から上陸した長岡兵に追撃を命じた。

たかが七万四千石の小藩が、仏式調練で鍛えた三十二小隊を擁し、洋式砲三十門と最新式の元込め銃を装備している。

さらに驚くべきことに日本に三門しか輸入されていないガトリング機関砲のうち二門までを長岡藩が確保できたのは、継之助の手腕によるところが大きかった。

その智謀湧《わ》くが如《ごと》し。

沈着にして剛毅《ごうき》なり。

「長岡の二千人！」

継之助は、艶《つや》のある声を張り上げた。

「城下に死ににきた！　殺せ殺せ！」

奇襲は成功し、もはや音を忍ぶ必要はない。

発砲を許し、吶喊《とっかん》させ、兵を大いに狂奔させた。

征伐軍と称する賊に占領された長岡城を奪取するため、魔物が棲《す》むとして里の者さえ近寄らない八町沖の沼地を這いすすんできたのだ。

軍事総督みずから兵を励まし、月が雲の隙間《すきま》から顔を覗《のぞ》かせるたびに身を沈めたため、継之助も紺飛白《こんがすり》の単衣《ひとえ》を泥にまみれさせていた。

征伐軍にとっては、悪鬼を率いる魔王のごとく映ったであろう。

継之助は、猛《たけ》る兵たちにも叫ばせた。

「長岡の二千人！　城下に死ににきた！　殺せ殺せぇぇ！」

開戦時長岡兵は、たしかに二千人であった。

激戦に次ぐ激戦で、精強な長岡兵も鉋《かんな》で削られるように減りつづけ、残存兵力は十七箇小隊——およそ六百五十人といったところだ。

「殺せ殺せぇぇ！　殺せぇぇぇぃ！」

喉《のど》も裂けよと叫びながら、長岡兵は城下へなだれ込んだ。

長岡城は太平の世に造られた平城だ。

守りは難しく、攻め盗《と》るはたやすい。

継之助は、みずから隊旗をふるい、弾丸雨飛の中を駆けまわった。

高揚と慚愧《ざんき》。

ともに等しく彼の胸をかきむしった。

「撃てーい！」

継之助は号令を放ち、鉄砲の轟音《ごうおん》が響く。

虎《とら》の子のガトリング機関砲は二門とも喪失し、沼地を踏破するために大砲は置いてきたが、ここでも最新の元込め銃は威力を発揮した。

アメリカ製のスプリングフィールド小銃だ。

撃鉄を引き上げ、尾栓を跳ね上げて、金属製の薬包を挿入して尾栓を戻すだけで発砲準備が完了する。発射後、ふたたび尾栓を開けば、使用済み薬包が自動排出される便利な仕掛けになっていた。

操作に慣れれば、それこそ弾の雨を降らすことができる。奇襲前に入念な整備を命じ、弾薬は兵一人あたり百五十発を渡してあった。

戦鬼がゆく。

命を捨て、城を奪い返し、一藩の恥を雪《すす》ぐ。

すすみて死すべし、退いて生くるなかれ――。

いさぎよく城下の土と化せん！

吶喊。爆音。銃声。

越の山風が狂気を煽《あお》る。

「殺せ殺せ！」

の雄叫《おたけ》びは、いつしか、

「死ねや死ねや！」

と変じていた。

東に越後山脈を背負い、西には信濃川が流れ、北は新潟平野がひろがり、緑多く風光明《ふうこうめい》媚《び》な美しき故郷が――。

炎上していた。

継之助は、啼《な》くような顔で笑った。

町を焼き、橋を焼き、寺院を焼き、城下を焼いた。

すべて継之助の命令である。

「燃やせ！　燃やすのだ！　だが、安心せよ！　民は餓《う》えさせぬ！　米を縦に割ってでも食わせてやろう！」

花火のように、そこかしこで派手な爆発が起きている。

二ヶ月ぶりの帰城に、兵も迎えた民も狂ったように沸き立ち、西軍の遺棄した弾薬に引火してまわっているのだ。

　ハァーエーヤ〜
　　長岡　柏《かしわ》の御紋
　　　七万余石の　アリャ　城下町

歓喜のあまり、長岡甚句《ながおかじんく》が口々からあふれる。

尻が落ち着く暇もなく、継之助は草生津《くそうづ》方面へ視察に出た。

足早に駆けながら、奥歯で諦観《ていかん》を噛《か》み潰《つぶ》した。

虚無が胸を突き抜ける。

城の奪還など、兵の士気を高めるために決行しただけのことだ。最初から死守するつもりはなく、敵が勢力を盛り返せば破棄するしかなかった。北陸道総督府参謀の山県狂介《やまがたきょうすけ》（有朋《ありとも》）は逃げたが、長岡兵に追撃の余力は残っていなかった。

局地的に勝利を重ねたところで、新政府軍の優勢は動かない。味方の戦力は減る一方で、敵の数は増すばかりであった。

その上、薩摩《さつま》の西郷吉之助《さいごうきちのすけ》が、大軍を率いて柏崎に上陸したとの報も入っていた。

結構ではないか！

主君の牧野忠訓《まきのただくに》は、五月の落城時に会津へ逃がしている。後顧の憂いもなく、存分に戦えるというものだ。

ハァーエーヤ〜

お山の　千本桜

花は千咲く　なる実は一つ

武士の世は終わった。

刀槍の腕を磨いてきた侍が、鉄砲で武装した農民に撃ち倒される時代だ。ならば、見苦しいことはせず、潔く滅すればいいのだ。

だから、城下を焼いた。

さっぱりと後始末をしたつもりだった。

大政奉還によって、幕府は消滅した。牧野氏は譜代大名だが、徳川家が新政府への恭順を決めたからにはどうにもならない。

だが継之助は、新政府など認めていなかった。王政復古とは名ばかりで、しょせんは薩長による権力簒奪《さんだつ》と見做《みな》していたからだ。

新政府に恭順した者たちが、薩長の犬となる時代がやってくるだけである。

武士の世が滅したとしても、それだけは認めるわけにはいかなかった。陽明学を修めた者として、透徹した魂が求める正義を貫かねばならなかった。

ハァーエーヤ〜
　そろうたよ　踊り子がそろうた
　稲の出穂より　アリャ　よくそろうた

ただし、まだ勝機も残っている。

事前の約定に従って、やがて米沢兵も入城してくるはずだ。

長岡、米沢、桑名《くわな》、会津。

すべての残兵を結集し、起死回生の攻勢をかけるのだ。

軍を二手に分け、一軍は関原《せきはら》を襲い、さらに長駆して米山を越える。

もう一軍は、小千谷《おぢや》の敵陣を破って街道を進撃し、一挙に新政府軍を駆逐する。

そのころには、雪も降りはじめるだろう。膠着《こうちやく》状態を維持できるはずだ。なればこそ、長岡城を焦土と化した意味もあったというものだ。

薩長の兵は、積雪に慣れていない。

かつて、欧州を席巻した仏国皇帝の奈破翁《ナポレオン》は、北方の露国へ大軍をもって攻めんとした。が、狡猾《こうかつ》な露国は、徹底的な焦土作戦によって仏軍を餓えさせ、大雪を味方につけ、ついに強大な仏軍を敗走せしめたという。

しかし、米沢兵は――。

まだこなかった。

〈ふん、かまわんではないか〉

相手にすべきは西郷一人だ。

西郷よ！

大西郷よ！

翔《と》ぶが如くきたれ！

あまーりーヤ～
長いィはァ　踊り子が大儀

まずはここいらで　アリャ　打ち止め……

新町口の防衛地へむかう途中──。

薩摩兵が放った一発の流れ弾が、継之助の膝下を非情にも貫いた。

一章　剣鬼と銃豪

明治も十年目を迎えた。

幕府は斃《たお》れたが、動乱の余波はつづいている。

人の血を燃料とし、戦国の世から二世紀半以上も沸かしつづけて煮えたぎった油鍋《あぶらなべ》に、理想、野心、希望、激昂《げきこう》、悲憤という火薬をぶちまけ、おおいに炸裂《さくれつ》させ、列島を硝煙の膜で覆い尽くした維新戦争は、いまだそのくすぶりが消えていない。

命を賭《か》けた者ほど、報いてもらおうと期待するものだ。

だが、栄達の椅子には限りがある。

その非情な現実を突きつけられたとき、最初は茫然《ぼうぜん》とし、期待は失望へと塗り替えられ、ついには裏切られたと怒り狂うことになる。

佐賀、熊本、秋月《あきづき》、萩《はぎ》。

政府への不満を募らせた士族らは、次々と小爆発を起こしては、おっとり刀で駆けつけた官軍によって、かろうじて鎮圧されていた。そして、ついに最大の爆薬庫である薩摩まで蜂起するに至ったのだ。

きっかけとなった事件は、この年（明治一〇＝一八七七年）の一月末に起きた。

鹿児島がスナイドル小銃の弾薬を独占供給していたため、これを不安視した陸軍卿・山県有朋は薩摩閥の陸軍少将・大山巌《おおやまいわお》に協力を求め、製造機械と武器弾薬を大阪へ搬出した。

それを知った鹿児島の私学校徒らは激昂した。

彼らは、政府が大西郷の命を狙《ねら》い、薩摩潰《つぶ》しを企んでいると信じていた。これを戦の下準備と受けとり、いよいよ政府軍が攻めてくると思い込んだ。ならば戦のために武器弾薬を入手せねばと各地で火薬庫を襲撃したのだ。

事実上、これが西南戦争のはじまりとなってしまった。


『今般政府に尋問の筋これあり――』


二月十五日。

薩摩は進軍を開始した。

†

「待てよ待てよ……」

藤田五郎《ふじたごろう》は、突撃に逸る部下を抑えていた。

警視徴募隊二番小隊半隊長。

これが今の肩書きなのだ。

眉《まゆ》がふさふさと長く、血走った眼《め》を炯《けい》と鋭く光らせている。肩幅がひろく、屏風《びょうぶ》のような体軀《たいく》をした大男で、維新から九年を経ても、いまだ幕末の殺伐とした体臭を濃厚にまとっていた。

三十代半ばの働き盛り。技と体力の絶頂期だ。

「伏せろ！」

着弾の機微は音でわかる。

空気を切り裂き、味方が発射した砲弾が降り注ぐ。凄《すさ》まじい爆音が賊の堡塁《ほうるい》をえぐり、大量の土砂を撥《は》ね散らした。

「今だ！　斬《き》り込めぇぇぇ！」

五郎は吠《ほ》え、先頭を切って賊塁に飛び込んだ。

暗闇《くらやみ》で出くわせば、地獄の獄卒でも後ずさるほどの凶相であった。

最前線の剣鬼だ。

突撃の手本を見せようなどという殊勝さはない。さんざん腹を空《す》かせ、待ちに待った獲物なのだ。遠慮なく薩人を斬れる。牙《きば》を剝《む》き、涎《よだれ》を垂らし、汁気たっぷりの美味な肉を最初に味わいたいだけだった。

だが、薩人の肉に餓えていたのは五郎だけではない。警視隊の部下たちも刀を担いで躍り込んできた。

「斬れ！　斬れ！」

薩人は皆殺しだ！

昔ながらの抜刀斬り込みだった。

乱闘ともなれば、頭で考えている余裕はない。手足が動くにまかせる。勘で見当をつけ、踏み込みながら三度突いた。一度では駄目だ。三度目の突きで、ようやく薩人の胸板を突き破った。すぐに引き抜く。

「刃《やいば》と刃をぶつけるな！　刀が折れる！」

四人五人と斬り伏せると、残りの賊兵は逃げ出した。

部下たちは鬨《とき》の声を上げた。

「気を抜くな！　おい、誰か歩哨《ほしよう》に立て。打ち返しに用心しろ」

五郎は矢継ぎ早に指示を飛ばす。

「死体はァ、そのへんの隅に片づけておけ。邪魔だ。――それからァ、本隊に伝令。堡塁は確保した。抑えの兵を寄越せとな」

制圧した堡塁を見まわすと、四斤山砲が二門も置き去りにされていた。発射した形跡はなく、爆風で土を被《かぶ》っている。

上層部の予想通り、賊軍の弾薬はほとんど残っていないようだ。長期戦に耐えられず、軍需物資を欠乏させているのだ。

けっ、と五郎は唾《つば》を吐く。

山砲の威力は身に染みて知っている。戊辰《ぼしん》の戦では、伏見、白河口、母成峠《ぼなりとうげ》で、さんざん苦しめられたことがあるのだ。

とはいえ、剣士にとって、砲兵は狩りやすい獲物である。

懐に飛び込んでしまえば、赤子も同然だ。

逆に、剣士の天敵は、整然と筒先を並べた小銃であった。

気の利いたことに、政府の役人は、開戦を見越して小銃弾薬の製造設備を鹿児島から回収していた。

弾がなければ、自慢のスナイドル小銃も無用の長物だ。鹿児島の私学校徒が入手できたのは、旧式の前込め小銃ばかりだという。

つまり、勝って当然の戦だった。

「ふん……」

五郎は、部下が積み上げた薩人の骸《むくろ》に腰かけた。

死ねば仏というが、ただの肉の塊だ。

床几《しょうぎ》の代わりに座ってなにが悪いか。敵の腹を裂いて、生肝をとって食らう薩人の風習に比べれば、人様の役に立つだけ罪もないというものだ。

五郎は、死んだ賊兵の着物を引っぱり、血に濡《ぬ》れた刀身を丁寧にぬぐった。敵が戻ってくれば、また斬り合いになる。ついでに砥石《といし》もかけようとしたとき、爆風で土を被った竹筒を見つけた。拾い上げて、栓を抜く。

水ではなく、酒であった。

酒精が強い芋焼酎《いもじょうちゅう》だ。

こんなものは酒ではない。燃料だ。それでも身体《からだ》が酒精を欲していた。景気付けに一口含み、刀身にもかけてやった。銘はないが、よく斬れる刀だ。血脂と水分を綺麗《きれい》にぬぐって、軽く砥石をかけ、すとんと鞘《さや》におさめた。

ようやく、人心地ついた。

〈これが勝ち戦の味か。ああ、悪くねェ〉

五郎は、夢見るように微笑《ほほえ》んだ。

半隊を率いるのは、母成峠以来だ。

薩摩人を斬りまくったことで、長年の鬱屈《うっくつ》が晴れ、濃密な土の匂《にお》いや粘つく湿気さえ不快に感じられなかった。

五郎にとって、祭りのような日々だった。

鹿児島で陸軍大将の西郷隆盛《たかもり》が乱を起こしたことを受け、東京で編制された警視隊は、総員一万人近くが投入されたという。

第一陣は、二月に九州入りを果たした。

当初は後方支援にあたっていたが、徴兵で集められた鎮台兵の弱さが露呈するや、警視隊も戦闘に加わることになった。

しかし、それでも戦力としては期待されていなかったのか、警視隊に渡された装備は時代遅れの前込め式小銃であった。――いや、弾など必要ない。伝家の銘刀で充分だ。そう奮起した警視隊は、山県陸軍卿の許可を得て、抜刀隊を編制した。

その結果、警視隊を示す銀筋つきの軍帽は、最新装備を誇る近衛兵と比肩されるほど、西郷軍を震え上がらせることになった。

それも薩摩への憎悪ゆえであった。

警視隊への徴募に応じた者には、戊辰戦争で賊軍とされた士族が多い。恨みが晴らせる絶好の機会が到来したと誰もが奮い立っていた。

もちろん、五郎も胸を躍らせた一人だった。

彼が九州に上陸したのは、五月に入ってからだ。

そのころ、薩軍は田原坂《たばるざか》を抜かれ、本隊を人吉まで後退させていた。

正面からの戦いを避けて、散発的な遊撃戦に切り替えたのだ。討伐軍の後方を攪乱《かくらん》するため、薩軍は一部の兵力を割いて、宮崎、高鍋、門川、延岡と沿岸を北上し、一時は竹田にまで伸張するほどの勢いを持っていた。

しかし、討伐軍の対応も迅速であった。

豊後口へ警視隊と熊本鎮台兵を集結させ、激戦の末に竹田を奪還し、三方面から延岡へ押し戻しつつある。同時に背面作戦も仕掛けて、薩軍と鹿児島の分断に成功していた。

現在、薩軍は人吉からも追い散らされて、都城へ集結しつつあるようだった。

官軍は勝つ。

だから、そこは問題ではない。

〈さあて、誰が西郷の首をとる?〉

五郎は、獰猛《どうもう》な猟犬のように舌なめずりをした。

維新から九年だ。

書の中で歴史を学んだ者たちは、自分たちで時代を動かしてみたかった。

太平の世に倦《う》み、出世の望みもなく、若さや情熱、ありあまる時と才を持て余した次男坊以下の部屋住み連中などのことだ。

そこへ、黒船がやってきた。

世の中が騒然とした。若者の血はたぎった。頭の中で純化されていた理想が弾《はじ》けた。狂躁に浮かされ、時代を駆け抜けた。やってみたら、朽ちた大木と化していた幕府が倒れてしまった。

すべては、たまたま……である。

〈太平の世が長すぎた。それだけだ。日本は、生まれ変わらなくちゃならん時期にきていた。西洋の技術を導入し、最新の軍備を整え、異国の軍隊と対等に戦える国になる必要があったってことだ〉

それでも、徳川家を倒す必要はなかった。

今でも五郎はそう思うのだ。

大政奉還で充分だった。

どのみち、幕府体制は終わっていたのだから……。

「ふん、くだらねえ……」

元佐幕派の感傷に過ぎない。

ただの御託だった。

〈だが、やっちまったからには、西郷には走りつづけてもらうしかねえ。その先が地獄だろうが、最後まで責任はとってもらわなくちゃな〉

蚊の群れをかき分けて、小柄な男が、ひょっこりと堡塁にやってきた。

「よう、犬の警部補殿」

古閑《こが》膽次《たんじ》。

警視隊の同僚で、五郎の相棒だった。

「犬の朋友《ほうゆう》か。ずいぶん遅かったな」

「こっちも忙しかったんでな」

古閑は、熊本の産だ。

勤皇の士を数多く輩出した肥後者にもかかわらず、攘夷《じょうい》志士を斬りまくった新撰組《しんせんぐみ》に参入し、最後まで佐幕派として転戦した男であった。

郷里の利を見込まれて、工作活動をしていたのだろう。屈託のない表情をしているが、目の下には疲労が滲《にじ》んでいる。

古閑が今回の戦をどう思っているのか、五郎も知らなかった。どうでもいいことだ。それを顔に出すほど初心《うぶ》な男ではない。

ようするに、根っからの密偵だ。陽のあたる表通りより、薄暗い裏道を好む。お互い様だ。だからこそ、昔から古閑を信頼しているのだ。

「おや、撃たれたのかい？」

五郎の肩に血が滲んでいるのを見て、古閑は愉快そうに破顔した。

「ふん、かすり傷だ」

七月十二日——つまり、今日だ。

警視二番小隊は、闇に紛れて森崎を出発した。半隊長を任じられた五郎は二分した小隊の片方を指揮し、本道を進撃していった。

「福原の峠を越えて、焼尾《やきお》の塁を抜くまでは順調だったんだがな。高床に入ったところで、芋どもの抵抗が激しくなりやがった」

五郎にも弾がかすめるほどの激戦で、相手の気を抜くため、いったん焼尾へ退き、ふたたび猛攻をかけて敵陣を落としたのだ。

「うんうん、ちょうどいい」

古閑は何度もうなずき、寄席で笑いどころにさしかかったように手を打った。

五郎は、濃い眉をひそめる。

「なにがちょうどいいんだ？」

「ここに負傷兵がいる。後送しなくちゃならん。最近の九州は、兵に鉄砲を撃ちかけてケラケラ笑う女怪が出るらしいから、それにやられたことにしよう」

「おい……」

自然と眼が鋭くなった。

「そう睨《にら》むな。おれも目撃したわけじゃないが、そういうのが戦場に出るって噂《うわさ》があるってだけだ。まあ、本当にいたとしても、狂女の類《たぐ》いだとは思うがね。でも、〈警視隊の剣鬼〉が女に撃たれるってのは、なかなか愉快な話じゃないか」

「そっちじゃねえ」

「ああ、後送のことか。親分からの命令だよ」

親分とは、川路利良《かわじとしよし》大警視のことだ。

薩摩藩与力の家に生まれ、禁門の変では長州の猛将・来島又兵衛《きじままたべえ》を狙撃《そげき》し、戊辰戦争のときは卒族大隊長として東北まで転戦した男だった。

維新後は東京へ招かれ、明治五年には邏卒《らそつ》総長に就任。欧州視察を経て、近代警察制度を日本に導入した立役者である。

今回の内乱で川路大警視は、別働第三旅団を率いていた。田原坂では抜刀隊を組織して賊軍を退け、五月には大口攻略戦に参加し、六月に宮之城を制圧したのち、旅団長職を免じられて東京へ戻っているはずだった。

「東京まで戻れってのか？」

「いやぁ、神戸で指令を受けてもらう」

「誰からだよ？」

「親分の親分さ」

「なっ……」

五郎は啞然《あぜん》と口を開いた。

川路大警視の親分といえば、実質的に日本の内政を仕切っている内務省の長——大久保《おおくぼ》利通《としみち》のことだった。

思わず舌打ちした。

「こちとら、せっかく楽しくなってきたってのにな。おい、西郷坊主の首と引き換えだ。楽しい任務でなきゃ困るぜ」

広々とした肩を揺らし、五郎は竹筒を放り投げた。

古閑は受けとって、焼酎の匂いを嗅《か》いでから、にやりと笑った。

「案外、そっちのほうが面白いかもしれんぞ」

そうかもしれない、と五郎も思う。

川路大警視ほど、薩摩人に憎悪されている男はいない。

大西郷に目をかけられ、今の地位に引き上げられたにもかかわらず、ともに下野することを拒み、そればかりか鹿児島に多くの密偵を放って、西郷の暗殺さえ指示していたと信じられているのだ。

つまり、大義のためならば、非情になれる男ということだった。

〈親分ってのは、そうでなくちゃ。土方《ひじかた》さん、どこかあんたに似てるかもな。だがな、あんたは武士に憧《あこが》れすぎた。侍なんて、ただの稼業じゃないか。殿様の雇われモンだ。だから、せいぜい楽しめばよかったんだ。他の連中は、酒に酔い、金に酔い、女に酔い、むせぶほどの血臭に酔いしれた……〉

だが、時代に酔った者は死んだ。

才に溺《おぼ》れた者も殺された。

生き残ったのは、意外にも求道者だ。

〈でなけりゃ、裏切り者か？　おれはどうだ？　……へっ、知るもんか！〉

さっそく、東に旅立つことになった。

†

西郷軍の蜂起から、すでに半年近くが経過している。

政争に破れた西郷隆盛が郷里に逼塞《ひっそく》したのが四年前だ。その威名はいまだ衰えず、薩摩兵の勇猛さを記憶している民衆は当初騒然とした。

だが、それ以上の騒ぎにはなっていない。

怖れていた戦禍が九州の外へ拡大しないとわかって、帝都は緊迫を孕《はら》みながらも平穏な生活を営んでいた。

――存外、西郷もだらしないよ。

――江藤新平《えとうしんぺい》や前原一誠《まえばらいっせい》に比べれば、がんばってるほうさね。

二人とも維新十傑に数えられた逸材ながら、司法省を去った江藤新平は明治七年に佐賀の乱を引き起こして討伐され、元兵部大輔の前原一誠は明治九年に萩の乱に失敗して処刑されていた。

どちらの乱も、政府軍の対応が早く、ごく短期間で鎮圧されている。

――ふふ、でもねえ……。

――おうさ、先年の神風連《じんぷうれん》が、たった二百人で鎮台兵を蹴散《けち》らしたってのに、あれほど威張り腐った薩摩が熊本城一つ抜けないってのは……。

口さがない民には、不謹慎な余裕さえ漂っていた。

†

有坂成章《ありさかなりあきら》は、小石川にある東京砲兵工廠《ほうへいこうしょう》の門をくぐった。

陸軍省十一等。

それが成章の肩書きだった。

鳥羽・伏見の戦がはじまったとき、彼は満十五歳の少年にすぎなかった。砲術家の養子であり、長州支藩の周防岩国藩《すおういわくに》から日新隊として出陣したが、生来の脆弱《ぜいじゃく》体質で、たいした武功は立てられなかった。

維新後は、士官養成所である陸軍兵学寮に入ることを許され、陸軍造兵司に出仕して仏国から招いた軍事顧問団の通訳を務めている。

文官ではあるが、正式な陸軍士官ですらない。

二十代半ばの若者にすぎなかった。

東京砲兵工廠は、弾薬製造、および銃砲の改造と修理等をおこなう関東最大の陸軍兵器工場だ。水戸藩邸跡に建設され、広大な敷地内に流れる神田上水は、工作機械の動力に必要な蒸気機関や水車に用いられている。

元上屋敷の典雅な大庭園を囲むように、煉瓦《れんが》造りの建物が整然と並ぶ。横浜の異人街に迷い込んだのかと思うほど異風な光景だが、鍛冶《かじ》仕事の事故による延焼を防ぐためには耐火煉瓦が最適なのだ。

赤煉瓦の壁にとまった蟬《せみ》が喧《やかま》しく鳴いていた。

夏の盛りなのだ。

「むぅ……」

暑気あたりで、成章は軽く眩暈《めまい》を覚えた。

フランス軍を参考にした白色の夏軍衣をきっちりと着込んでいるせいだ。足もとには短靴に白の脚絆《きやはん》までつけていた。この白一色の布地は、強い陽光を清らかに反射し、聖戦へ出陣する神の軍勢のようにも見せるだろう。

実際には、白軍衣は戦場で敵に対しても目立ってしまうため、兵によってはそれを嫌って紺染や鼠色《ねずみいろ》の軍衣を着用しているらしいが……。

東京の蒸し暑さには、いまだ慣れなかった。

徳川時代に干拓した土地が多いせいか、井戸の水は泥臭く、じっとりと肌にまとわりつく湿気がいつまでも地面から立ち昇ってくる。

靴の革底が焦げ付きそうで、足の裏がふやけそうなほど蒸す。こめかみで血の脈が暴れていた。頂上部が扁平《へんぺい》な軍帽の中も蒸し風呂のようだった。汗が顎先《あごさき》にまで滴り、襟元からも蒸発し、眼鏡のガラスを曇らせる。

それでも、青白い頬《ほお》を緊迫させ、彼は歯を食いしばった。背筋をぴんと伸ばし、規則正しい歩調で歩きつづける。

〈自分は、民の模範となるべき軍人である〉

それだけが、自分を大地に固定する根であるかのように、心の中で何度も呪文《じゆもん》のように唱えつづけた。

東京砲兵工廠を訪れた目的は、九州の征討軍司令本部より電信を受けて、その内容を村《むら》田経芳《たつねよし》陸軍少佐に伝えるためであった。

軍務である。

意地でも見苦しい真似《まね》はできなかった。

それに、村田少佐は、成章にとって、憧れるに足る英雄であった。

出自は薩摩藩の下級藩士であるという。

外城一番隊長として鳥羽・伏見の戦に参戦し、新政府軍に多大な犠牲を強いた北越戦線にも転戦した。防衛側の生命線である新潟港を奪取し、山中での難戦を回避して米沢藩を降伏させた猛者であった。

維新後は陸軍歩兵大尉に任官されたが、宿願である小銃の研究に没頭するために隊を辞し、その後は戸山学校の射撃教官に任ぜられ、先月には小銃試験委員となっていたはずだ。

成章の胸を、憧憬《しょうけい》と嫉妬《しっと》が焼く。

今回の乱でも、安全な後方支援に甘んじている我が身に比べて、村田少佐は四月に負傷するまで九州で戦っていた。

歳《とし》は、たしかに四十に近かったはずだ。

歴戦の指揮官であり、兵器開発の先達者であり、激動の時代をそれぞれ脂の乗りきった年齢で味わい尽くすことができた幸運児だった。

一昨年には、成章が念願としている欧州技術研修に派遣され、講談に登場する剣豪の如く、異国の射撃大会では負け知らずであったという。

〈鉄砲狂い〉

鹿児島では、そう呼ばれていたらしい。

荻野流《おぎのりゅう》の砲術を学び、合伝流《ごうでんりゅう》の軍学も修めたらしい。が、鉄砲自体の研究となると、かなりの資金力が必要であったはずだ。

鉛玉と火薬、鍛冶で燃やす膨大な燃料、良質な鉄。

村田少佐は、藩お抱えの鉄砲掛かりではなかった。小身中の小身である。妻が病気になるほど困窮を窮めるのもかまわず、乏しい扶持《ふち》をすべて研究に投じ、戊辰戦争の勃発《ぼっぱつ》前には、元込め銃の開発を成し遂げていたとも聞いている。

まさに、〈鉄砲狂い〉としか言いようがない。

能力もあり、運もあっただろう。

地位や金に興味を示さず、ひたすら鉄砲の研究に身を捧《ささ》げてきた。狂信的な匂いを抜いた求道者というべきだろうか。

〈自分は、要塞《ようさい》にそれほどの情熱を持っているだろうか？〉

環境としては恵まれているほうだろう。

長州閥に君臨する山県有朋陸軍卿を後ろ盾にして、最先端の軍事技術を学べる貴重な機会を数多く得ていた。

東京湾要塞の建設でも、成章は助手を務めることになっている。

〈しかし、それが本当に自分のやりたいことなのか？〉

それがわからなかった。

新しい時代になり、誰もが戸惑っていた。

なるほど。戦には勝った。

彼が仕えた岩国藩は、時勢に乗って勝ち組にまわることができたが……廃藩置県によって、すでに藩自体が存在していないのだ。

武士は〈士族〉と名を変えた。

往来での帯刀すら禁じられた。

だから、士族の反乱も情で理解できないわけではなかった。

国盗《くにと》りの時代ではないのだ。

天まで武功を積み重ねても、一国一城の主になれるはずもなかった。

〈ならば、なんのために戦ったというのか？〉

成章も自分の行く末を見失った一人であった。

古い政体を変えなければ、西洋列強に立ち向かうことは不可能である。理屈ではわかっていた。実感が追いついてこない。夢にうかされているように、毎日を忙しくすごしているだけであった。

だからこそ、自分のなすべき仕事に疑問を抱かず、ひたすら邁進《まいしん》している村田少佐が羨《うらや》ましかったのだ。

よろり、と足もとが乱れる。

「むぅ……」

成章は、またもや眩暈に襲われた。

それでも、意固地なまでに、肉の薄い胸を張って歩きつづけた。

後年——。
日本初の国産小銃〈村田銃〉を開発した村田経芳の後継者として、世界的にも高い評価を得た〈有坂銃《アリサカ・ライフル》〉を開発することになる技術者の、悩める若き日の姿であった。

†

村田経芳は、銃工所の前にいた。

暑さのせいか、その表情は茫《ぼう》としている。

濃い眉が男臭く、目元は二重だ。鼻筋は端正に通り、頑丈な顎は野趣にあふれ、口元は不屈の意志で引きむすばれている。肌は歳相応に厚みを増して、激務による疲労と睡眠不足で荒れていた。

大兵ではないが、肩幅は充分にひろく、胸板が厚く盛り上がっている。浅黒く焼けた肌は、汗が噴き出るがままに濡れ光っていた。

厳しい暑気を紛らわすためか、機械油で黒く汚れた手ぬぐいを頭に巻き、あとは下帯しか身につけていなかった。

赤煉瓦の壁に背中を預け、鍛冶職人が日陰で一服しているようなだらしない姿で地べたに座り込み、太い腕で小銃を抱え込んでいる。

軍人らしく武張ったところはない。もちろん官吏には見えず、かといって商人や町人と間違われることはないだろう。職人に囲まれても違和感はないが、やはりどこか異なる臭気を放っていた。

武骨な指先で、ガチッ、と小銃の撃鉄を半起こしにする。

機関部を覆う鉄プレートには、〈ENFIELD〉と打刻されていた。イギリス製の前込め式エンフィールド小銃に、アメリカ人の機械技師が考案した開閉式銃尾をとりつけた元込め式スナイドル小銃だった。

弾薬を後ろから装塡《そうてん》するため、自由に開閉できるようにした尾栓を遊底という。スナイドル小銃では、遊底を横に開く方式を採用していた。

側面の突起を押せば、遊底を固定していた部品が外れる。発砲の衝撃などで、勝手に開くことがないための安全装置だ。指を離すと、また固定されてしまうから、押したまま横に跳ね上げなくてはならない。

銃尾が開くと、銃身の尻が覗《のぞ》ける。薬室だ。その穴へ、黄金色に輝く真鍮製《しんちゅうせい》の薬莢《やっきょう》をするりと押し込む。

弾頭は十四・五ミリで、着火にボクサー雷管を用いた〈ボクサーパトロン〉という弾薬だ。昔は紙筒に火薬と弾を包んでいたが、今では金属薬莢が主流であった。

パチッ、と。

遊底を戻す。

撃鉄を一杯まで引き起こす。

引き金が絞られた。

ガッッ！

撃鉄が鋭く落ちる。

しかし、轟音《ごうおん》は発せられなかった。

火薬が詰まっていない模擬弾を使っているのだ。

ふたたび、撃鉄を半起こしにした。

遊底を跳ね上げ、そのまま前後にスライドさせる。遊底が薬莢の尻を引っかけて、排出するようになっているのだ。小銃を横に寝かせれば、ころんと地面に落ちていく。次の模擬弾が装填されて――。

すべての部品が正しく作動するか、何度も繰り返して確認した。

小銃をいじっていると、かろうじて経芳は無心になれる。

あたりまえの作業が、あたりまえに繰り返されているだけだが、驚くほど滑らかで、正確無比な所作だった。銃器の構造を知り尽くしているばかりでなく、実際に銃弾が飛び交う状況での操作が指先に染みついているのだ。

重い小銃は左腕で支え、右腕は脇を締めている。ほとんど肘《ひじ》を持ち上げていなかった。

瘤《こぶ》のような筋肉が盛り上がる右肩に、真新しい銃創がある。斜め上から脇《わき》の下にかけて撃ち抜かれた傷であった。

「これでよか」

作動状態に満足して、経芳の唇に笑みが灯《とも》る。

「しょ、少佐殿……」

声をかけられ、経芳はのろりと視線を上げた。

右目を閉じているのは、銃士の本能だった。習慣にしておけば、強烈な陽光や砂ぼこりで左目が利かなくなっても即座に対応できるのだ。

「ああ、有坂君な」

経芳は、鷹揚《おうよう》にうなずいた。

二人とも兵学寮に所属していたことがある。顔見知りだ。

有坂は、前につんのめるような勢いで歩み寄り、さっと右肘を肩の高さに上げる。緊張を隠しきれず、ぴんと伸ばした指先が無様に痙攣《けいれん》した。

経芳は、ほのかな苦笑を滲ませた。

陸軍が採用した西洋式の敬礼を仰々しく感じたのだ。下帯姿の自分に、生真面目《きまじめ》な若者が敬礼している光景もどこか滑稽《こっけい》だった。

それを察してか、感受性の豊かな若者は耳朶《みみたぶ》まで赤くなった。

「少佐殿、スナイドルの修理でありますか？」

羞恥《しゅうち》をふり払うためか、有坂は上ずった声を張り上げた。

経芳はうなずく。

「長い銃身は曲がりやすか。鋳造ゆえ、どうしても鉄が柔《やわ》い。直しても直しても、じゃかじゃか壊れて送り返される。そいでも、職人にとっては、よか修練になろう」

「な、なるほど……」

有坂も、なんとなくうなずいた。

西洋の銃は、熱して叩《たた》くことで形を整えるわけではない。高温の炉によって溶かした鉄を型に入れて整える。機械で穴を掘削するため、硬い鉄はかえって不向きなのだ。

「そちらは、どんな?」

「え?」

「スペンサー騎銃の古い弾薬が不発とかで、有坂君は新しい雷管装填器を考案させられると聞いておったが」

「あ、ええ……まあ、なんとか……」

有坂が、六月に検査局から受けた案件だった。

幕末に輸入されたスペンサー騎銃は、アメリカ南北戦争の中古品だ。主力兵器がスナイドル小銃に決定したことで、弾薬の国産化も後回しにされ、今回の戦では貯蔵弾薬を使うことになった。

ところが、日本の気候は湿潤だ。火薬が湿気《しけ》って大量の不発弾を生じ、即急な対応に迫られていたのだ。

「なんとかなったか。それはよか。どちらにせい、来月ごろには戦も片付く。有坂君も、はやく要塞作りに戻りたかろう」

「はっ、そうであります」

そう答えながらも、有坂には確信がないようだった。

要塞作りが自分の性分に合っているのか、まだわからないのだろう。汗の浮いた顔をこわばらせ、視線を宙に彷徨《さまよ》わせている。

「で、なんのご用か？」

訊《き》かれて、有坂は本題を思い出したようだった。

「はっ、陸軍卿より電信が届いております」

経芳の右目が、わずかに開いた。

「少佐殿に、大阪砲兵工廠へ出向してほしいとのことであります。詳しい辞令内容は、そこで伝えるとのことです」

妙な話だった。

山県陸軍卿は、九州の司令本部で指揮をとっているはずだ。前線を放置して、大阪にいられるほど味方が優勢ということなのか……。

ともあれ、またもや小銃の研究を中断させられることになったようだった。

†

経芳は、いったん銃工所に戻った。

鉄と油の匂いが肌に馴染《なじ》む。

大窓は開けられ、風の通りはいい。耐火煉瓦に囲まれて、かえって外より涼しいくらいだが、毛穴から汗が噴くほど暑いことには変わりなかった。

経芳と同じく下帯姿の職人たちが、旋盤と格闘していた。政府の施設でなければ、裸で神田上水に飛び込みたいところだろう。

外観こそ近代的だが、設備は旧幕府から接収したものがほとんどだった。維新という名の大掛かりな再編成事業は、各藩で蓄積してきた技術や機械をまとめ、それぞれ有効な場所への効率的な再配置を可能にした。

経芳は、机から布きれを手にとり、外で点検したスナイドル小銃を丁寧にふいた。

汗は鉄の大敵だ。錆《さび》の元である。

ふき終えると、小銃棚にスナイドルを戻した。

〈十年前、これが行き渡っとれば……さぞや戦も楽だったろう〉

戊辰の戦で暴れまわった薩摩軍を象徴する小銃だ。

実際には、全兵士が装備できるほどの数はなく、ほとんどの者が前込め式のエンフィールド小銃で最後まで戦い抜いたのだ。

それが、今では、すっかり古めかしく感じられる。

〈だからこそ、と自嘲《じちよう》するべきか……〉

それでも、と意地を張るべきか……。

ようやく、スナイドル小銃を主力にできる時代が到来していた。


明治五年のことだ。

政府は旧諸藩から回収した銃器十八万挺《ちよう》余りの中から、和銃をはぶいた三十九種の小銃を評価して、シャスポー小銃がもっとも優秀であるとした。

元込め式としては、当時の最新式である。

七年前の普仏戦争で、同じ回転鎖閂《ささん》式のドライゼ小銃を装備したプロシア軍と戦った実績もある。その結果、フランス軍は負けを喫したものの、シャスポー小銃のほうが性能的には優れていたとの評価を受けている。

それもそのはずだ。

一八六四年にフランスのサン・チェンヌ製銃所が開発したシャスポー小銃は、その二十三年前に開発されたドライゼ小銃を改良したものである。射程距離だけでも二倍の差があった。

ドライゼ小銃の薬莢は紙筒であるため、火薬の爆発ガスが遊底の隙間《すきま》から噴き出す欠点を持っている一方で、シャスポー小銃ではゴムの塞環をはめ込むことによって、ガス漏れを最小限に減らしていた。

だが、その対処法も完璧《かんぺき》ではなかった。

火薬の爆発熱でゴムは劣化しやすい。日本では交換部品の入手も困難だ。さらなる改良を加えるため、経芳はシャスポー小銃の改造係にみずから名乗り出ていた。

抜本的な解決策を求め、さんざん頭を悩ませてみたが、結論としては、薬莢を金属製にするしかなかった。

金属薬莢は湿気に強く、日本の気候に合っている。薄い真鍮は爆発によって薬室に張り付き、ガスが漏れる隙間を埋めてくれる。実際に、フランス陸軍では、金属薬莢のグラース銃をすでに開発していた。

問題は、日本国保有のシャスポー銃が六千挺しかないことだ。すべてグラース銃に改造できたとしても、絶対的な数が足りなかった。新しく購入するにしても、政府では資金不足が慢性化している。

しかたなく、旧各藩から回収したエンフィールド銃一万二千挺をスナイドル式に改造することで、ひとまずの装備向上を図っている有り様だった。

〈冷えて硬くなった飯を雑炊にするようなものだ〉

あくまで過渡的な措置だ。

経芳は、そう考えている。

火縄銃に毛が生えたようなゲベール銃はともかく、旋条を刻んだ銃身は貴重だ。溝が磨《す》り減るまで使い潰さなくてはならない。

日本だけではなく、欧州の国々にしても、軍備更新に金がかかることは共通している。大量の旧式銃を安価な方法で改造し、新装備までの繋《つな》ぎにすることは、イギリスなどの大国でもやっていることだった。

〈だが、金だけが理由じゃなか。職人の数を保持し、つねに腕を磨かせるためには、戦がないときにも仕事を与えねばならん〉

経芳は、棚から別の一挺をとった。

肩にあてる銃床がない。西洋銃に見慣れると、もはや奇妙な形に思える。職人の練習台として、スナイドル式に改造した和銃であった。

銃身はそのままで、旋条も刻んでいなかった。弾は五匁《もんめ》玉。およそ十四・五ミリで、ボクサーパトロン実包の直径に近かった。

戦国時代では、五匁玉の火縄銃は足軽が使っていたが、〈侍筒〉と呼ばれる武士用の火縄銃は十匁以上で、ほぼ十八ミリにあたる。ミニエー弾が発明される前の西洋銃と変わらない口径であるところが面白い。

完成度は悪くない。職人の腕に関しては問題なかった。

〈日本人は手先が器用だ。精密な仕事にむいとる〉

ただし、限界もあった。

ゲベール銃のころまでは、日本の鍛冶技術で対応できた。難しかったのは、黒色火薬に着火させる雷管の製作くらいだ。

火薬を不安定化させ、衝撃によって発火せしめる。その調合方法が確立されるまで、何人もの尊い犠牲者が生まれていた。

松代藩の片井京介《かたいきようすけ》などは、雷管を半自動装塡する斬新《ざんしん》な機構を開発している。経芳も研究用に一挺下賜されていたが、鹿児島でも西洋銃そのものへの偏見が根強く、その貴重な技術は普及することなく埋もれてしまった。

やがて、日本にも旋条銃が伝来してきた。銃腔《じゆうこう》に刻みを入れ、椎《しい》の実型の弾を回転させながら発射する。ミニエー銃と称されている前込め式の小銃だった。

これが戊辰戦争の主力兵器である。

旋条は機械で刻む。職人が削ることも不可能ではないが、並大抵の工夫ではなく、労力もかかりすぎた。第一、手作業では均一な旋条にはならないのだ。

均一にならなければ、小銃ごとに射程が異なることになる。射程がそろわなければ、ずらりと小銃を並べたてて、遠方の敵を目がけて一斉射撃をかけたところで、さほどの効果が望めないことになる。

だから、機械で均一に刻まなければならなかった。

銃身を作ることも同じだ。鉄の棒を機械で掘り抜かなければならない。火縄銃のように鉄板を曲げて、筒状に張り合わせる時代ではないのだ。

すべて手作業でできないことではなかった。が、何万挺もそろえるとなれば、気が遠くなるような時間を必要とする。小銃の数がそろったころには、より高性能な銃が西洋では登場しているだろう。

〈それでは駄目なのだ〉

肚《はら》の底で、苛立《いらだ》ちの気泡が暴れる。

戊辰戦争より前に、彼は元込め銃を開発していた。

しかし、量産するには時間が足りず、西洋銃を輸入することで間に合わせることになった。補給を考えれば、弾薬の規格統一は必須だったからだ。

今度の戦にも、経芳の新式銃は間に合わなかったが……。

〈次の戦では、なんとしてでも……〉

寝る時間も惜しんで、研究開発に没頭するしかなかった。

でなければ、新政府に幻滅した西郷隆盛が彼を慕う薩摩隼人《はやと》と鹿児島へ去ったときも、経芳が東京にとどまりつづけた意味がなくなってしまう。

軍銃一定。

それが、経芳の夢であった。

維新後も、順風満帆とはいかなかった。

政府の要請で何度となく研究を中断させられ、ようやく本腰を入れられると思った矢先に、またもや戦がはじまってしまった。

〈いや……〉

頭をふり、改造和銃を棚に戻した。

〈斉彬《なりあきら》様は西洋技術の取得に熱心であられたが、他の藩士どもに洋式銃への理解がなかったころ、わしは孤立を余儀なくされていた〉

薩摩藩第十一代藩主の島津《しまづ》斉彬公は、のちに維新の立役者となった西郷隆盛や大久保利通などを育て上げた名君であり、近代工業に必須の反射炉や溶鉱炉を建設させ、大砲、洋式帆船、ガス灯の製造なども手がける近代洋式工場群〈集成館〉を興した幕末随一の知識人であった。

安政五（一八五八）年に斉彬公が不慮の死を遂げると、弟君の久光《ひさみつ》公が実子を藩主に据えて藩の実権を握ることになったが、斉彬公とは異なり、国学を重んじる久光公は異国の文化や技術を忌避し抜いた。

そのため、経芳の洋銃研究も惨憺《さんたん》たる苦労を重ねなければならなかったのだ。

〈そのころに比べれば、夢のごとき環境ではないか……〉

必要な機械は、すべてここにそろっている。

硬い金属を削り、正確な穴を穿《うが》つ。機械ならば、炉で灼熱させずとも自在にそれができる。削り出した部品が完成したときの悦《よろこ》び。頭の中にしかなかったものが、形となったときの感動。職人であれば、誰もが知っていることだ。

想像力さえあれば、なんでも作れる。そんな万能感すらあった。

それなのに――。

気鬱《きうつ》にまみれ、妙に手足が重かった。

〈なぜだ？　なぜなのだ？〉

些事《さじ》に労力を削《そ》がれ、無益に消耗させられている。

経芳は、本当に疲れていたのだ。

〈そいでも、おいは恵まれとるほうじゃ。誰でん、望むことばかりしていられるはずなか。わかっとる。そいはわかっとるが……〉

手ぬぐいで汗まみれの身体をぬぐった。そして、どこかに放《ほう》っておいたはずの軍衣を探す。鉄の削り屑《くず》にまみれて床に落ちていた。

戦地でも着ていたものだ。黒と見紛うほど濃い紺色で、南北戦争を終えたアメリカで大量に余った羅紗《ラシャ》布を輸入して作られたという。夏服に着替えないのは、白い布地では作業の汚れが目立ちやすいからだった。

削り屑を払い、軍衣に気怠《けだる》く袖《そで》を通した。

「ツネさん、お出かけかね？」

老齢の職人が、大ぶりの椀《わん》を手に声をかけてきた。

幕府の時代に、東京砲兵工廠の前身である関口大砲製作所で働いていた老人だ。

「大阪」

経芳は短く答えた。

「へ？　あれほど送って、まだ鉄砲や弾が足りないってのかい？」

老職人は、同情するように眉をひそめ、椀を経芳に渡してくれた。

匂いを嗅ぐと、中身は酒だった。

薩摩産の焼酎だ。

迷ったが、暑気払いの誘惑に勝てなかった。なに、すぐ汗になって蒸発する。一気に半分ほど呑《の》み、酒精が胃の腑《ふ》に流れる感覚を楽しんだ。

「足りるのか足りんのか、本当のところは、戦が終わってみなければわからん。普仏戦争では、九百八十門の野戦砲を投入し、五十万発の砲弾を消費したという。九州の激戦地では、一日に二十万発も消費しておった」

「はぁ……そりゃ、てえへんだ」

眩暈がするような物量だ。

だから、陸軍卿の命を受けて、経芳は弾不足の原因調査をするため、壮絶な戦闘が繰り広げられている田原坂の戦場に入ったのだ。

死への恐怖を紛らわすため、官軍の兵は狙《ねら》いもつけずに発砲する。指揮官もそれを止めなかった。強い兵は演習だけでは作れない。狂気にまみれて一発でも多く撃ち、火薬と鉄で肝を練り上げていくしかないのだ。

経芳は、官軍が田原坂を抜いたのを見届けてから、いったん東京に戻ると、神戸以東でエンフィールド銃と弾薬をかき集め、福岡へ送っていた。

「まあ、たいした用じゃなかろう。六月になって、官軍の弾薬製造能力も一日二十万発になった。スナイドルも大量に輸入して、鉄砲の数も足りとるはずじゃ」

たいした用じゃない？

本当にそうだろうか？

辞令を告げにきた有坂成章は、山県陸軍卿の子飼いだ。長州閥の秘蔵っ子である。その彼に連絡役をさせるとは、なかなかに尋常ではない。

「それにしたってよぅ、ツネさんは働きすぎだよ。少しゃあ休んだほうがええ。ついでに温泉か……」

にたり、と老職人は好色に笑った。

「大阪の新町で気散じでもしてきたらどうかね」

新町は、江戸時代から遊廓《ゆうかく》で賑《にぎ》わっている町だ。

経芳は軽口で返した。

「鉄砲撃つなら、試作品の実射を兼ねて狩猟するさ」

老職人は破顔した。

「それもええですな。なにを狩りますかね？」

「猪《いのしし》か、それとも狸《たぬき》か……」

ふと戊辰戦争の最中に狩った大猿を思い出した。

越後を平定後、米沢藩を攻めようとしたときのことである。

敵の防衛線は厳重だったが、一ヶ所だけ敵兵のいない尾根があった。村人に尋ねると、そこには人食いの大猿が棲《す》み、米沢の侍さえ怖れて近寄らないという。

経芳は、さっそく村人に案内させ、三百メートルの距離から大猿をしとめた。むごい殺生だが、戦に有利な地を占め、なおかつ迷信をはらうために必要なことだったと今でも信じている。

時代は変わらざるを得ないのだ。

だが――。

記憶の中の大猿は、嘲笑うような死に顔をさらしていた。

あの大猿にしても、自分が君臨していた縄張りでは、いっぱしの狩人を気取っていたのだろう。それが獲物の役回りを押しつけられることになった。

獲物と狩人。

たいした違いはない。

精強を誇った薩摩兵でさえ、今では狩られる側にまわっているではないか……。

〈おまえだって、いつそうなってもおかしくないんだ〉

大猿は、そう言っているようだった。

二章　魔弾の射手

大阪出張の準備を整えるのに、数日かかった。

経芳を乗せた馬車は、土埃《つちぼこり》を巻き上げて新橋の駅にむかっている。

鉄道で横浜へ移動し、そこからは神戸まで船旅であった。

黒塗りの馬車は、陸軍卿から特別に差しまわされたもので、立派な幌《ほろ》まで付いていた。

本来なら、少佐風情が乗るような馬車ではない。仰々しくて、尻が落ち着かなかった。駅までの移動ならば、人力車で用は足りるのだ。

しかし、乗り心地は抜群だ。

イギリス製の一級品である。日本の荒れた路面でも、芸術的な複雑さで組み上げられた木板が、衝撃を柔らかく吸収していた。

〈これを大砲の台車に応用すれば、激発時な反動を和らげ、連射を可ならしむるか。いや、砲が重すぎて、この繊細な仕掛けでは耐えられぬかもしれんが……〉

馬車は小石川御門の橋を粛々と渡り、皇居の西側を舐《な》めるように南下していく。元江戸城の堀には水がたっぷりと溜《た》められ、苛烈《かれつ》な陽射しで熱された空気にわずかながらの涼を与えていた。

半蔵門の手前まできたときだった。

緑吹く桜の木陰と辻角《つじかど》から、三つの人影が路上に飛び出した。

男たちの顔は、そろいもそろって総髪であった。木綿の布地が透けるほどに擦り切れ、垢汁で煮染めたがごとき汚れた着物をまとっている。

幕末の世から抜け出してきたような浪人風のいでたちだ。

経芳は懐かしさすら感じた。

警視隊が九州へ送り込まれ、帝都の警備が手数になっているとはいえ、皇居近くで襲撃してくるとは、よほど放胆な刺客のようだった。

昨年公布された廃刀令にもかかわらず、長刀まで手にしている。

「とめーいぃ！　我らに尋問《ほ》の筋ありぃぃ！」

浪人風の一人が猛々《たけだけ》しく吠えた。

経芳は舌打ちした。

こんなものに乗ってるから、要人と間違われるのだ。

行く手をさえぎられ、馬がいななき、空しく足踏みをする。他の二人が左右へまわり込む。御者が止めなければ、馬を斬《き》るつもりなのだろう。

「馬を止め、頭を抱えてうずくまっていろ」

御者に鋭く命じた。

しかし、経芳は馬車から出ようともしない。

凶徒の刃《やいば》が白昼の光で輝く。

陽射しが強いだけに、幌の陰は真っ暗に見えているはずだ。経芳は眼《め》をすがめ、襲撃者を観察した。少なくとも、鉄砲を持っている者はいない。西の不平士族が放った刺客ではなさそうだった。

腰の武器を抜き、こっそり撃鉄を引き起こす。

アメリカのスミスウエッソン社製で、日本でも士官用に採用され、〈壱番型元折式拳《けん》銃《じゅう》〉と呼称されている拳銃だ。口径は十一ミリ。至近距離で発砲されれば豪傑でも顔色を失うだろう。

「表に出ろ！」

襲撃者は、幌ごと突き刺すべきであった。

経芳の右手は銃把を握り、左手を軽く添えている。左手の人さし指を標的にむけて伸ばしていた。拳銃は信用できない。十歩も離れれば、まず命中するものではなく、動く相手ではなおさらだった。

ただし、刃先の届く間合いであれば、ちょうど当て頃だった。

経芳は、無言で発砲した。

まず左へ。

轟音《ごうおん》と同時に、ぐぉっ、と悲鳴が上がった。

「て、鉄砲を持っておるぞ!」

硝煙が幌の中にたちこめた。

経芳は、混乱した敵に立ち直る隙《すき》を与えるつもりはなかった。

撃鉄を引き起こし、今度は右へ。

空気をどよもす銃声。

また獣じみた叫びが聞こえた。

経芳は、さらに撃鉄を引き起こしながら、悠然と馬車を降りた。

左の男は腹部に被弾し、切腹したようにうずくまって動かなかった。右のほうは腰骨を砕いたらしく、うなりながら地面を転がりまわっている。

弾頭は旋条に食い込みながら銃身の中を疾走するが、射出直後では、まだその回転が安定していない。標的が近ければ、小指の先ほどの鉛玉が暴れながら肉をズタズタに引き裂くことになるのだ。

残る一人は、火を噴くような眼で睨《にら》みつけてきた。

小汚い髭面《ひげづら》だ。

「卑怯《ひきょう》なり! 恥を知れ!」

刀を構えて突進してきた。

激昂《げきこう》しながらも、襲撃者の足さばきは剣理にかなっている。刃先に充分な勢いを乗せ、一刀で人体を両断できる腕前だろう。経芳も直心影流《じきしんかげりゅう》と薬丸自顕流《やくまるじげんりゅう》を学んでいたが、剣と剣で戦えばあっさり斬られていたはずだ。

三度目の引き金を絞った。

銃声が轟《とどろ》き、反動で手首が跳ね上がる。

襲撃者は胸を撃ち抜かれて即死した。

〈こん莫迦《ばか》が……〉

経芳の表情に、興奮や高揚はなかった。

射殺した相手への憐憫《れんびん》すらない。

互いに武器を持っていて当然の戦場ではなく、路上での襲撃という手段を選んだ性根に憤りを覚えるくらいだった。

そもそも、要人を一人や二人殺したところで、この世の中は変わらない。せいぜい一時的な混乱を引き起こし、刹那《せつな》的に溜飲《りゅういん》を下げるだけのことである。

経芳は、留め金を外して銃身を前に折った。

排莢《はいきょう》装置が働いて、金属薬莢が六発とも外に弾《はじ》き飛ばされる。ため息が漏れるほど先進的な仕掛けだった。未発砲の実包は拳銃に再装塡《さいそうてん》し、消耗した三発を補充した。空になった薬莢は胴乱に放《ほう》り込んだ。

〈駅に着いたら、手入れをせねばならん〉

火薬カスは錆《さび》の元だ。すぐにでも水で洗い流し、薄く油を塗ってやりたかった。革製の鞘《さや》に、するりと拳銃を戻した。

蟬《せみ》の声が復活した。

銃声を聞きつけた衛兵が、ようやく半蔵門から駆けつけてきた。

†

村田経芳は、浅い夢を見ていた。


〈しもうた！〉

右肩に衝撃を受けたとき、まず経芳はそう思った。

狙撃《そげき》を受けた場所は、熊本城の東方。

保田窪《ほたくぼ》村というところだ。

武器の不足に征伐軍の上層部があわてふためき、経芳は辞令を受けて四方でかき集めたエンフィールド小銃と弾薬を福岡へ届け、その足で戦況を視察するために最前線へ出かけていた。

そこで、誰か上の者が彼の武勲を思い出したらしく、狙撃部隊を率いて薩摩軍を追撃することになった。

撃たれたのは、その最中でのことであった。

完璧《かんぺき》な待ち伏せであった。

以前、経芳が鹿児島に帰郷していた時期に、藩士や農民を問わずに射撃術の普及に努めていたことがある。薩軍には、そのときの若者が多数参戦しているはずだ。もしかしたら狙撃者は昔の教え子であったのかもしれない。

被弾した肩は、火箸《ひばし》を突っ込まれたように熱く、腹腔《ふくこう》が氷河のごとく凍りつく。痛みはないが、四肢が脱力し、前のめりに倒れてしまう。

なるほど、と経芳は感心した。これが撃たれた者の感覚なのだ。

次に――。

なぜだ、といぶかしく思った。

文久三（一八六三）年、鹿児島へ来襲したイギリス軍艦が放つ弾雨の中でも、不思議と自分に当たると思わなかった。鳥羽・伏見の激戦をはじめとして、幾度も死線をくぐり抜けてきた。被弾したのは、これが初めてだったのだ。

だが、すでに満年齢で三十八だ。

技術と知識はともかく、気力と体力では若者に後れをとる。それを苦々しく認め、同時に安堵《あんど》も感じていた。卑怯のそしりを受けることなく、戦場を離れる口実ができた。これで、ようやく研究に没頭できる。

ただし、生きていられれば……。

意識が薄れていく中で、機嫌よさげな口笛を聞いた気がした。

経芳は、それを知っていた。

薩摩人なら知らないはずはない。

花は霧島　煙草《タバコ》は国分

燃えて上がるはァ……

オハラハァ　桜島ァ……

鈍い痛みで目を覚ました。

客車で揺られているうちに、経芳は眠ってしまったらしい。

たしかに、ここ数ヶ月は気ばかりが急《せ》いて、ほとんど熟睡できていなかった。

神戸の港に到着して、しばらく待機を命じられたときも、ひさしぶりの休養を喜ぶどころか、なぜすぐに大阪砲兵工廠へ出向いてはならないのか、妙に気分が落ち着かず、苛々《いらいら》と酒ばかり呑《の》んでいた。

すでに八月であった。

今朝になって、ようやく大阪行きの許可が出て、経芳は列車に乗ったのだ。

イギリスから輸入されたシャープ・スチュアート社の蒸気機関車は、名家の令嬢のごとく優雅に大阪へと車輪をまわしている。

鉄道もまた、これから戦の形を変えていく技術革新の指標だ。兵や物資の移動に活用され、すでに有効なことは証明されていた。

窓の外には、黒煙が尾を引いて流れていた。

蒸気機関の鼓動を感じながら、経芳の胸に感嘆がひろがる。大砲の中をえぐる動力にも蒸気機関が用いられる。蒸気機関が発達しなければ、イギリスもあれほどの大国になることはできなかっただろう。

ずきり……。

右肩が疼《うず》く。

硬い木製の座席でうたた寝していたせいだ。いつのまにか不自然な体勢をとって、右腕側に過剰な負担をかけていたらしい。

熊本の病院では、弾の欠片《かけら》までは摘出できなかったのだ。

〈そいでも、腕が残っているだけ運がよか〉

武器が進歩すれば、負傷者にも変化がある。

西洋では戦場医術も大きな発展を遂げ、日本もこれを導入して、貴重な体験を積んでいるところだった。

銃創の度合いがひどければ、患部よりもっとも遠い根元から切断する。鉛毒による敗血症を予防するためだ。足ならば鼠蹊部《そけいぶ》から、腕ならば肩から切断してしまう。乱暴なようだが、確実に生存率は上がっていた。

〈……や?〉

頬《ほお》に視線を感じた。

車両内は、中央の通り道を挟んで、左右に長座席が配置されている。

横に眼をむけて反対側の席をうかがうと、光の強い大きな瞳《ひとみ》とぶつかった。

若い娘だった。

肌は浅黒く、唇がぽってりと厚く、鼻梁《びりょう》が高かった。美人ではないものの、おおらかな野性味があり、個性的な魅力を帯びている。長い髪は頭の後ろで二つに分けられ、三つ編みにされていた。

女性にしては長身で、手足もすんなりと長く伸びていた。これから祭りに出かけるような浴衣姿で、革の長靴をはいている。

おかしな格好だ。

農民の娘ではない。奔放な雰囲気は町人に近く、さらには芸能の民が近そうだが、どこか異質な雰囲気を強く滲《にじ》ませていた。

そして、娘の隣――。

窓際には、小柄な老人が座っている。

こちらも奇妙だった。

額がひろく、白髪を頭の後ろに束ねている。目尻の垂れた眼を細め、顎先《あごさき》がしゃくれ、いつもなにかを面白がっているような顔だった。背丈は歳《とし》相応に縮んでいるが、まだ鋼の芯《しん》が通っている身体《からだ》をしていた。

夏だというのに革の上着をはおり、使い古した股引《ももひ》きをはいている。どこで手に入れたのか、こちらも革靴を使っていた。

おそらく、猟師なのだろう。

油紙にくるんだ鉄砲らしきものを傍らに置いていた。形からして、火縄銃ではなさそうだ。政府が農家などに貸与している古いゲベール銃なのかもしれない。

老人は、穏やかに微笑していた。

孫娘の不作法を詫《わ》びるように、経芳へ軽く頭を下げる。身なりは粗末だが、所作に卑しからぬ品を感じた。

経芳は目礼を返し、老人から視線を外した。

窓の外は目が眩《くら》むほど明るい。

粛々と列車は前進していた。

客車は、ほとんどが商人で占められていた。軍人は経芳だけらしい。庶民が気楽に乗れるわけではない乗車賃を考えれば、小娘と老人は異質なほどに目立っていた。

くくっ、と。

娘が喉《のど》を鳴らした。

経芳は、眼だけでそちらを見る。

しなやかな娘の指先が、ぴんっ、と伸びる。経芳の腰を指してから、つつ、と持ち上がって、負傷した肩へむけられた。

ばーん。

声に出さず、娘はそう口を動かした。

革鞘に拳銃が入っていると知っているらしい。

ご時世だ。猟師の孫娘なら、銃器に詳しくても不思議はなかった。会津では、女でも巧みに小銃を操って新政府軍を迎撃したではないか……。

経芳は、腕を組んで寝入るふりをした。

娘の歯の白さが、瞼《まぶた》の裏に焼き付いている。

年老いた猟師と、その孫娘がお祭り見物にむかうところなのだ。

そう思うことにした。

実際、その通りなのだろう。

〈しかし、どこの祭りだ？〉

経芳の肩が、寒気を感じたように震えた。

†

大阪駅に到着した。

経芳は、木造煉瓦《れんが》張りの近代的な駅舎から出ると、すぐに人力車を拾った。

駅前は賑々しい。

人々の顔は明るく、長閑《のどか》で屈託がなかったが、それでもどこかキナ臭い空気が漂っているのは、西から流れてくる戦塵《せんじん》の匂《にお》いのせいであった。

東京とは異なり、このあたりは必ずしも安全地帯ではないのだ。

鹿児島の蜂起に呼応して、土佐の武装士族が大阪へ攻め込むのではないかという噂《うわさ》は、開戦当初から根強かった。

不平士族の根城になっている土佐の立志社は、土佐閥の大物である板垣退助《いたがきたいすけ》が必死に抑えているのか、かろうじて暴発は抑制されているようだが……。

「大阪砲兵工廠まで頼む」

「はいなー」

経芳を乗せた人力車は、大阪城の天守閣を目指して、だらりだらりと走りはじめた。

大阪砲兵工廠は、明治二年に暗殺された長州最大の軍略家・大村益次郎《おおむらますじろう》が建言し、大阪城内に創設された日本最大の兵器工廠である。

旧幕府から継承した機械と人材で、盛んに大砲や弾薬を製造していた。もちろん、今は小銃や砲の修理でもおおわらわになっているはずだ。

鹿児島から大阪へ移設されたスナイドル弾薬製造設備は、不備や破損が発覚して稼働に難航し、戦の本格化と同時に露呈した弾薬不足への供給も満たせず、慌てて新工場を建設しなければならなかった。

間に合ったものもあれば、間に合わなかったものもある。狂言じみた右往左往の一幕があったとしても、手遅れにならなければいいのだ。

この十年――。

日本の近代化は、西郷蜂起に対処するための準備期間だったといえなくもない。

少なくとも、西郷嫌いの大村益次郎はそのつもりであった。

先を急ぐ経芳は気付かなかったが――。

駅舎の軒下で、強烈な陽射しが作る影に身を潜め、警視隊の軍衣を着た大男が鋭く眼を光らせていた。

「……薩摩の鉄砲屋め、ようやくご到着か。しかし、どうする？　大阪砲兵工廠は長州の縄張りだ。うかつには近づけない」

先回りするか……。

不機嫌そうにつぶやくと、警視隊の男は軒下から出て濃い眉《まゆ》をしかめ、ひろい肩をゆすって歩きはじめた。

†

経芳は、陸軍卿の執務室に足を踏み入れた。

「やあ、きたね」

彼を迎えたのは、福地《ふくち》源一郎《げんいちろう》だった。東京日日新聞の社長にして、〈桜痴《おうち》〉の号で主筆をふるっている文人だ。

江戸の料亭で山県に引き合わされて、互いに顔と名前は知っていた。年齢は、経芳のほうが三つほど上だったはずだ。

福地は、秀でた額に汗の珠を結び、厚ぼったい瞼が垂れた目元を眠たげに擦っている。仕事で疲れているが、多分に充実している男の顔だ。軍人でもないのに、なぜか白の軍衣をだらしなく着込んでいた。

「まあまあ、お疲れさんだ、村田君。神戸でずいぶん待たせてしまったようだね。いやあ、申し訳ない。しかし、こっちにもいろいろ準備があってね。それが、ようやく整ったところなのさ」

大きな口を笑いでゆがめているが、賢《さか》しげな眼は笑っていない。

経芳は、この文人が苦手であった。

福地は、長崎の生まれで、儒医の息子だった。

幼少のころより漢学の教養を身につけ、十五になると通詞《つうじ》から蘭学《らんがく》を学んだ。語学の才に恵まれていたのだろう。長じて江戸へ出てからは、英語を修めて外国奉行支配通弁御用雇におさまり、幕臣にもとり立てられていた。

文久の遣欧使節にも通訳として参加した英俊で、ヨーロッパではフランス語を学び、経芳よりも先に西洋の先進文明を直に視察している。

西洋の戦術書も翻訳すれば、戯作にも造詣が深く、多才多能の士と評された。頭のてっぺんから爪先《つまさき》まで、生粋の文人だ。

上野で彰義隊が壊滅したとき、福地は当時主宰していた新聞で「政権が徳川から薩長に変わっただけではないか」と臆《おく》することなく批判した。

激怒した新政府に福地は逮捕されたが、そのときは王政復古に奔走した維新三傑の一人・木戸《きど》孝允《たかよし》（桂小五郎《かつらこごろう》）のとりなしで無罪放免になっている。反骨の士である。

明治政府の成立後は、士族の身分を返上して平民になっていた。

人は身分ではなく、能力によって立つ。

体裁上の身分しか自尊心のよりどころがなく、ただ不平不満をまき散らすだけの士族には侮蔑《ぶべつ》しか抱いていないらしい。

今回の乱では、報道記者として討伐軍に従軍し、元幕臣が政府の御用記事を書いたと批判されながらも、木戸孝允の依頼を受けて明治天皇の御前で戦況を奏上するという栄誉に与《あずか》っていた。

「とりあえず、その椅子《いす》にでも座って楽にするといいさ。ああ、この格好は気にしないでくれ。綺麗《きれい》な服がなくなってね、ちょいと借りているだけさ。なにも陸軍に入ったわけじゃないよ」

饒舌《じょうぜつ》をまき散らしながら、福地は額に浮いた大量の汗を手ぬぐいに吸わせ、べったりと湿った髪を忙しなく分け直している。

執務室が蒸し風呂のように暑いのは、窓を閉め切っているせいだ。

机の上は新聞や書類であふれ返り、落ち葉のごとく床にも散乱していた。これでは窓を開けた途端に風が吹き飛ばしてしまうだろう。

「山県さんは？」

経芳は訊《き》いた。

「九州の司令部さ。僕は名代だよ。そういや、君も田原坂を観戦してたんだろ？　あはは、すごいね。すごいよ。いやまったくすごい。僕のような軽薄才子は、あんなところじゃ震え上がるしかなかったからねぇ」

福地の軽口を、まともに受けとるわけにはいかなかった。

たかが記事を書くために、この男はみずからの足で田原坂を視察したという。どこから銃弾が撃ち込まれ、あるいは白刃が襲ってくるかわからない状況だったはずだ。

文人とはいえ、その胆力は並ではなかった。

「山県さんは、君へ直々に通達したかったらしいけど、指揮官がちょろちょろしていてはまずいだろう。あの御仁は〈一介の武辺〉を気取っているくせに、どうも腰が軽くていけない。まあ、そこが彼の面白いところだけど……そういえば、最近のキリギリス閣下は、『きゃひゃっ』とか妙な笑い方を覚えたようだけど、あれはなんだろうね。誰かの真似《まね》なのかな。まさか、高杉晋作《たかすぎしんさく》じゃないだろうなあ」

休むことなく踊る福地の舌先を見つめ、経芳は泥沼の戦場でも感じたことがないほど深い疲労を抱きはじめた。

なるほど……。

山県の頭部は、後ろへ大きく出っ張っている。

対照的に顎先が極端に貧弱だ。口元は前方へとせり出して、臆病な草食動物のようにつぶらな眼をしていた。

たしかに、キリギリスと似ていなくもない。

そのくせ、やけに真面目《まじめ》くさった顔を意識し、無闇《むやみ》に重厚な態度を好むところが、いっそう滑稽《こっけい》さを際立たせていた。

〈山県さんは、小銭をかき集めるように権力を求める人じゃ。女も好むが、さらに権力を好む。異常なほど執着する。権力がなければ、なんもできんと……頑《かたく》なに、一途に、そう思い込んどる〉

この五月に、長州閥の重鎮・木戸孝允が病死したことで、山県有朋は長州閥の頂点へと押し出されることになった。

維新の功労者たちが次々と消えていく。時流に乗せられる形で、自分を入れる箱だけが大きくなり、中を満たすモノが皆無なのだ。

槍《やり》では一流になれず、軍略では大村益次郎に大きく及ばず、吉田松陰《よしだしょういん》のような思想的指導者にはなれず、木戸孝允ほどの器量にも恵まれず、夭折《ようせつ》した高杉晋作のごとき天賦の閃《ひらめ》きはなく、政治家の資質もなく、貨殖に手を染めれば公金横領が発覚しかけて一度は陸軍を辞めることになる始末だった。

武威なく、学問は足りず、決断力も示せず、人徳も人望もなく――。

だからこそ――。

初心《うぶ》な農村の少年が、天から舞い降りた天女に憧《あこが》れる想《おも》いにも似て、健気なほど権力に恋い焦がれているのだ。

「どうでもよか」

経芳は、一言で切り捨てた。

「ははっ、厳しいね。お互い長州閥では外様だ。仲良くやろうじゃないか」

福地は、共犯者の笑みを浮かべた。

経芳も微妙な立場だった。

日本独自の新小銃開発を庇護《ひご》してくれた西郷が下野してからは、かろうじて山県卿の権勢に頼ることで研究をつづけられているのだ。

薩摩閥の大久保は政府に残ったが、清廉な政治志向のため、かえって同郷の者を露骨に支援できないほど偉くなってしまった。

長州人として生れていれば、これほど苦悩することもなかった。近代的な軍隊が対決した普仏戦争を分析したことで、長州人は小銃万能主義に染まり、薩摩人はいよいよ大砲の破壊力を信奉するようになっていたのだ。

「では、本題に入ろうか」

福地は、机上の紙切れを指先で叩《たた》く。

「山県さんの依頼で、賊軍への降伏勧告文を練っているところさ。情と理をもって、読む人々の共感を得るような案配にね。まあ、僕は戯作をやっていたことがあるからね。人情モノはお手の物だよ」

「西郷さんが、それを受け入れると？」

「とは思わないね」

福地はかぶりをふった。

「これは儀礼的なものさ。すでに勝勢は定まった。でも、依然として西郷には人気がある。追いつめたとはいえ、なにもしないわけにはいかない。さんざん手を差しのべたが、残念ながら……という形にしなくてはね。そこで、もう一つ手を尽くしておこうという算段だ。ははっ、あざといよね。山県さんは、たいした慎重居士だ。思いついたことは、なんでもやらなくては気が済まないらしい」

経芳は相づちすら打たなかった。

口を開かず、表情を鈍らせ、そのぶん話の転がる先に神経を集中した。

「まったく、無口な御仁との会話は愉快だねぇ」

福地は苦笑した。

「さて、君は西郷を救いたいかね?」

「……どういうことか?」

「いや、わかってるはずだ。つまるところ、西郷一人のことなんだよ」

「西郷さんは、この戦を望んでいたわけじゃなか」

「もちろんだ。私学校生の莫迦どものせいさ。桐野利秋《きりのとしあき》とか、ろくでもないとり巻き連中のせいだろう。あくまでも、西郷はしかたなく担がれただけだ。……しかし、もはや、そういうことじゃないだろ?」

経芳も、渋い表情でうなずく。

薩摩は、あまりにも突出した存在になった。

戦国の世から、剽悍《ひょうかん》な戦士を多く抱え、巧みな戦術としたたかな外交手腕で名を馳《は》せてきたが、幕府を倒してからは、ほとんど独立国のようにふるまってきた。

大久保と西郷の苦悩は、そこにあったのだ。

「そりゃあ、新生日本国に強い兵は必要さ。でも、武士は必要ない。〈士族〉とは、維新の報償にあぶれた者の不平をおさえるための欺瞞《ぎまん》にすぎない。貴族と同じく、いずれ消滅していく仮初めの身分さ」

その通りだった。

経芳も同意する他なかった。

戦であれば、平民が小銃を手に戦えばいい。

そのための徴兵であり、鎮台制度であった。

「でも、人情家の西郷は、盟友・大久保さんの理想は頭でわかっていても、自分を慕って鹿児島に戻ってきた兵たちを切り捨てられるほど非情にはなれなかった。ゆえに、西郷は行き場を見失ってしまった。……いやはや、不謹慎だけど、この十年で、ずいぶん面白いことになったと思っている。薩長だけでは、政治はできない。それが見事に証明されたわけだからね。不平士族の内乱は、起きるべくして起きた。芝居の筋書きのごとくだ」

経芳は太い息を吐いた。

「……議は好かん」

鈍い表情を保っているが、内心では戦慄《せんりつ》していた。

これも戦だ、と本能が察している。

言葉による戦であった。

福地という人物を形成する複雑さは、経芳が理解できる型にはない。天賦の才を武器にして、新旧の権力を涼しげな顔で渡り歩いてきた男だ。なにを企んでいるのか、想像することすら億劫《おっくう》になるほどだった。

だから、言葉で対抗する術《すべ》はない。

そもそも薩摩人の口は重い。

言葉は酒のようなものだ。口にすればするほど、みずからの感情に酔いしれる。身勝手な感情で激憤し、誰かを傷つけずにはいられなくなる。だから、正しいと信じていても、口に出さないことを潔しとする。

黙って心胆を練り、動くべきときに備える。議を言うな。腹に溜《た》めよ。激情は火薬。信条は心の旋条に刻むべきだ。小出しに爆発しても、それは屁と同じ。口吻《こうふん》の密閉こそが、激発したときの破壊力を増大させるのだ。

一方で、福地は〈議〉の化身であった。こちらが一つ発すれば、ガトリング砲のごとく言葉の弾が雨あられと返ってくる。

「議じゃない。論だよ。さて、ここからが本題なんだが――」

福地は、本性をあらわにしてきた。

「君には、西郷を救出してもらいたいんだ」

「救出……」

経芳は面食らった。

「大久保さんの要請でね。西郷を奸賊《かんぞく》どもから救い出すんだ」

福地は畳み掛けてきた。

「もちろん、一人ではないよ。選抜された六名の精鋭たちが、いまごろ紀州へむかっているはずだ」

精鋭たち――という言葉に、かすかな悪意を経芳は嗅《か》ぎとった。

「救出隊の頭は、竹内儀右衛門《たけうちぎえもん》という鶴岡《つるおか》のご老人だ。明後日の朝、途中の山中宿で竹内さんの他に三人のお仲間と合流することになっている。紀州の港ででは、あと二人ほど加わる。そのあとは、こちらで用意させた船で九州に渡ってもらう。瀬戸内海は人目につくから、土佐をかすめる形で外海をまわっていくことになるけど」

「正使なら、正面から乗り込めばよかか」

小賢《こざか》しか、と経芳は心の中で舌打ちした。

福地は肩をすくめる。

「そのへんは、山県さんの指示だよ。ここまでこじれるとね、普通にいっても面談すらできない。西郷はよくても、まわりの莫迦どもが反対するだろう」

経芳は黙り込むしかなかった。

「土佐の動きが気になるかね？　でも、板垣だって莫迦じゃない。今も血の気の多い連中を必死に抑えてるはずだ。うっかり暴発させてしまったら、自由民権運動も蜂の頭もなくなってしまうからね」

とはいえ――。

土佐は不平士族にとって最大の拠点になっている。経芳の素性が露見しただけで、よってたかって惨殺されてしまうだろう。

「九州での上陸後は、山伏にでも化けて西郷に接近してもらう。もっとも、その前に戦が終ってしまうことも考えられる。そのときは湯治場巡りでもしてくるがいいよ。僕が許可をもらっておくからさ」

経芳の胸に、かすかな安堵《あんど》が滲《にじ》んだ。

どう考えても、現実味の薄い計画だった。

大久保卿は本気で助けたいと考えているだろうが、いまさら西郷に戻られても都合が悪くなる連中は山ほどいるにちがいない。

経芳の脳裏に、武人気取りのキリギリス面がちらついた。

「我々の手で戦を終らせる。素晴らしいじゃないか。でも、無理強いをすることはできない。君のような維新の功労者にはね。断ってくれてもいいんだ」

断れば、経芳は小銃開発の夢を奪われるのだろう。

経芳は眼を伏せ、かすかに身体を震わせた。

正面から、この文人を見据えることができなかった。

熱狂とは縁がない黄昏《たそがれ》た眼差《まなざ》しを……。

人の望みが虚《むな》しく、生は無意味だと福地は嗤《わら》っている。幾度も失意を味わい、諦観《ていかん》を舐《な》め尽くし、鬱屈《うっくつ》が煤《すす》のようにこびりついていた。理想を奪われ、希望を砕かれ、それでも這《は》い上がってきた男の顔だった。

「まあ、大久保さんも、じつに必死だよ。なにしろ、仲の悪い久光公にも極秘で助力を嘆願したりして……ははっ、けんもほろろに拒絶されたらしいけどね！」

福地は、薩摩に悪意を持っている。

驚くことではない。

今となっては、日本中が薩摩を憎んでいる。滅ぼしたいと望んでいる。復讐《ふくしゅう》だ。仇討《かたきう》ちだ。ざまあみろ。貴様らだけ、いつまでも威張らせておくものかと……。

島津久光と西郷隆盛の不仲は、世間でも周知の事実であった。

西郷は開明的な斉彬公を崇拝していたが、斉彬公の病死によって、側近であった西郷は流刑に処されていた。

復帰後も、久光公とは衝突することが多く、ふたたび流罪の憂き目に遭っている。

西郷は斉彬公の先進思想を理解できずに近代化事業を廃した久光を深く軽蔑《けいべつ》し、久光公も自分に対して傲岸不遜《ごうがんふそん》な言動を隠さない西郷を憎んでいた。

明治政府が成立してからも、久光は次々と旧習を廃する政府を批判し、とくに西郷や大久保が主導した廃藩置県の断行には大激怒したという。

「これが薩摩人の友情というものかね。鉄面皮の内務卿殿が、なりふりかまわず朋友の助命に奔走しているなんて、心が打たれるじゃないか。うん、健気ですらある」

洒脱《しゃだつ》で自由闊達《かったつ》を好む福地は、陰湿な謀略家の大久保をとくに嫌っていた。

大久保も福地の軽薄才子ぶりを疎んじている。

福地が、大久保より、山県と結びつくのはごく自然の成り行きであった。

経芳の心は、ますます鬱屈した。

厚い胸板が膨み、ふぅぅ……、と溜まった気を逃がした。

最初から、道は一つしかないのだ。

「やってくれるようだね？」

福地は勝ち誇っていた。

「ならば、これを渡しておこう。山県さんから君宛《あ》てに預かっていたものだ」

福地は、机の脇に立てかけておいた荷を引き寄せた。

長さが百三十センチはあり、幅は三十センチ、厚みは十五センチほどだった。

小銃用の革鞘だ。

片手では持ち上げられないほど重く、しかたなく福地は両手で抱え上げて、どん、と机の上に乗せた。

経芳の頰《ほお》がこわばった。

それがなにか、知っていたからだ。

経芳が欧州で見かけ、帰国してから職人に作らせた品だった。頑丈で、木箱よりも軽く、肩にかけるための帯がついている。手入れの道具を含めて、五キロの重量はあるだろう。

それでも、経芳は確認のために革鞘を開いた。開くしかなかった。

黒い鉄の地肌が覗《のぞ》く。

不格好な形の小銃——。

彼が試作し、山県卿に献上した小銃がおさまっていたのだ。

「なあに、ただのお守りだよ。『主よ、御手もて引かせ給え——』さ」

耳慣れない節に、経芳は戸惑った。

「『魔弾の射手』だ。オペレッタさ。欧州で観《み》なかったかい？　若い猟師が、悪魔との契約で意のままに命中する弾を手に入れる。七発中六発は射手が狙ったところに命中するが……最後の一発は悪魔の望む箇所へ命中するんだ」

経芳は、鵺《ぬえ》でも見るような眼をした。

「くれぐれも、君が撃つ相手をまちがえなければいいと願っているよ」

福地は、魔王のような笑顔になった。

三章　孝子峠の銃撃

昨夜は堺《さかい》で宿をとり、経芳は未明のうちに出立した。

街道を南下していく。

熊野参詣や参勤交代のために整備されてきた紀州街道だ。輸送業には船が便利なため、今では脇街道として機能している。

日暮れまでには宿に着きたかった。

翔《と》ぶように歩きながらも、経芳の心は鬱屈《うっくつ》していた。

左肩に担いだ革鞘《かわざや》が、ずっしりと肉に食い込む。

（陸軍卿は、おいになにをさせたいのか？）

風が湿気を運ぶ。

空が曇ってきた。

雲が速い。

ぽつり、と……。

雨粒が頬《ほお》を濡《ぬ》らした。

経芳の足は速度を増していく。

ざっ、と大雨が落ちた。

すぐに降りやんだ。

経芳は立ち止まった。

後ろに視線を感じながら、小用のふりをして道の脇に寄った。

横目で後ろを確認すると――。

鬼がいた。

それは人の形をした修羅だ。

軍衣を着た鬼が、濡れた道をひたひたと歩いている。

六尺豊かな大男であった。肩幅がひろく、屏風《びょうぶ》のような上半身をしている。陸軍式の歩法ではないが、重心の低い足運びに隙《すき》はなかった。

〈かなり腕は立つ〉

短い庇《ひさし》の下で、男の眼《め》が炯《けい》と光っていた。

銀筋の入った制帽は、警視隊の支給品だ。腰には巡査用のサーベルではなく、がっしりとした造りの日本刀を佩《は》いている。鬼と思ったのは、戦地帰り特有の荒《すさ》んだ気をまとっているせいかもしれない。

経芳も警視隊の勇猛さは耳にしていた。

たとえば、豊後の戸次《へつぎ》城攻防において、西郷軍に包囲された警視隊百八名が繰り広げた決死の白兵戦は、その凄惨《せいさん》において敵味方の心胆を寒からしめている。

『警視隊の存在を見せつけるは今ぞ！　逃げる者は、味方でも斬る。後退あると思うな。みんな死ね。――死んでくれ！』

隊長の陶長俊介《すながしゆんすけ》警部は、そう怒号し、逃げる鎮台の首を斬《き》り飛ばしたという。全身を真っ赤に染め、髭《ひげ》まで血でこわばらせ――。

その姿は、まさに地獄の赤鬼であったらしい。

大阪や和歌山にも、治安維持のため警視隊は配置されている。とくに不審ではなかったが、単独行動をとっていることが経芳には気にかかった。

経芳も軍衣だが、これは不平士族と見做《みな》されないための用心であった。

〈おいを見張っとるのか？〉

だとしても、理由がわからなかった。

念のため、警視隊の男を先行させたかった。

実際に尿意を催し、長々と放水作業に時間をかけた。

大阪方面から、馬車が勢いよく駆けてきた。

昨夜にも雨が降ったのか、路上に浅い水たまりができていた。車輪が水たまりに突っ込み、泥混じりの雨水を跳ね散らかす。

馬車は警視隊の男を追い越した。

経芳の小用は終った。

馬車が通りすぎたとき、鬼の姿は消え去っていた。

†

するりと陽が落ち、経芳は山中宿に到着した。

木戸を抜けると、道の両脇に、旅籠《はたご》、木賃宿、茶屋、商店などが並んでいる。戦の影響もあるのか、旅人の姿はまばらだ。

旅籠を選んで足を洗った。汗が乾いて塩を噴いた肌は、濡れた手ぬぐいで清める。

一人部屋を所望し、二階の端に案内された。

襲撃者の可能性を考えれば、みずから袋の鼠《ねずみ》になったようなものだ。が、少なくとも敵の侵入口を制限できる利点はあった。

まさか、いきなり火攻めはないだろう。いざとなれば、窓から屋根伝いに逃げればいいだけだった。

〈――こんなところで、誰が襲ってくると?〉

経芳は苦笑を漏らした。

大阪を出てから、神経質になっているのかもしれない。

明朝、この宿《しゅく》で落ち合う四名も、すでにそれぞれの宿に入っているはずだ。合流場所は近くの社である。

部屋で飯をかき込み、まず一息ついた。

荷物の見張りがいないから、湯場へいくわけにもいかない。

あとは寝るだけだ。

胃の腑《ふ》が酒を求めているが、射撃大会があるときなどは、できるだけ控えることにしている。集中力を高めるためだ。まず焼酎《しょうちゅう》を断ち、ワインで我慢する。大会の前日には、それさえも呑《の》まない。

場合によっては、この任務で鉄砲を撃つ必要がある。

そう考えただけで気が滅入る。

〈ええい、チェスト。かまわん〉

焼酎のように蒸留しない本州の酒など水みたいなものだ。渇いた身体《からだ》が求めるままに、酒を運んでもらうことにした。

冷や酒を舐《な》めていると、疲労がじんわり滲《にじ》んできた。

若いころは、小銃弾薬をめいっぱいまで担ぎ、険しい山道を何日歩き通しても平気であった。歳《とし》とともに体力が衰え、気力も萎《な》えているのだろう。柔らかい寝床で熟睡しても、すっきりとした目覚めは稀《まれ》だ。

ずんと四肢が重い。

鹿児島では、鉄砲狂いと呼ばれていた。鉄筒と鉛玉と火薬にとり憑《つ》かれ、得体のしれない衝動に突き動かされて、新しい時代の新型小銃を造らなければ生きている価値もないと思い定めてきた。

だが、本当に鉄砲が好きだったのか？　自分に問わずにはいられない。鉄砲を造る才に欠けているのではないか？　その証拠に、結局は、なにも完成させることは出来なかった。試作品の山を築いただけだ。鉄筒と鉛玉と火薬を無駄にしただけだった。

無駄な労力が、
邪魔な権力争いが、
彼の意欲を削《そ》ぎつづけた。

九州で負傷し、東京に戻ってからも、研究に打ち込む気力が湧《わ》かなかった。足が止まり、頭はまわらず、手も動かなくなった。

あるいは、その前から虚無感に蝕《むしば》まれていたのだろう。戦がはじまって、かえって救われた。足りない小銃や弾薬をかき集めるために奔走することで、かろうじて瓦解《がかい》する魂を繋《つな》ぎ止めていただけなのだ。

そして、今回の密命が降ってきた。

〈おいは間違っていたのか？〉

こんなときに、いまさらとはいえ――。

自分の生き方を疑った。

天が与えし使命を見つけ、ただ一心に没入すればいいと思っていた。気狂いといわれようが、愚者と見做されようが、脇目もふらずに突進すればいいと。見栄を、欲望を、すべて捨てることで、それが叶《かな》うと信じていた。

〈真実は逆ではなかったのか……〉

汗ばむほどの暑い夜に、経芳は身震いした。

本当は、もっと栄達を志すべきではなかったのか。自分の望むことをするために、権力を欲するべきではなかったのか。

夢にとらわれ、足もとをすくわれて、溺《おぼ》れ——人は消えていく。

若いころは、勢いのみで戦える。老いても最前線に身を置けるものは稀だ。誰もが、それほど天に愛されているわけではないのだ。

体力が衰えれば、政治力で仕事の環境を整えなければならない。みっともなく見えようとも、出世餓鬼と罵《ののし》られようとも、あがいて、あがいて、自分のやりたい仕事にしがみつかなければならなかった。

もし、使命の完遂を望むのであれば……。

昆虫が変態するように、人も年齢や立場とともに変貌《へんぼう》するべきではなかったのか。

福地源一郎は正しいのかもしれない。

山県卿は正しかったのかもしれない。

ある程度の年齢をすぎれば、人を使う立場になったほうが効率がいい。となれば、人を使う方法を習得しなければならない。自分には、その機会がなかった。せいぜいが、小隊を預かる程度であった。

人の器とは、まわりに影響を及ぼし、使役できる人の多さで決まるのかもしれない。

もはや、この歳になっては手遅れであったが……。

夜風に乗って――。

三味線の音が聞こえてきた。

こんなご時世に、誰かが芸者でも揚げているのか。

〈あれは……長岡甚句か……〉

厚い胸板が、哀切の風に震える。

塗炭の感傷だ。


戊辰の戦において、最大の激戦場であった北越の地を思い出した。

苦戦の報を受けて、彼の部隊が長岡に到着したとき、新政府軍は氾濫《はんらん》する信濃川を強引に渡河し、守備隊が少ない長岡城を陥落させていた。

しかし、まだ戦地はいくらでも残っていた。経芳の部隊は転戦し、山地に籠《こ》もる賊軍を掃討し、新潟を奪取して敵の補給路を遮断した。

が、そのとき――。

長岡方面で黒煙がたなびくのを見たのだ。

あとで聞いた話によれば、長岡きっての知将と謳《うた》われた河井継之助の率いる長岡軍が踏破不可能と思われていた沼地を這《は》い渡り、七百名に満たない泥まみれの寡兵で長岡城の奪還を成し遂げたというが……。

三味線が途絶えた。

しん、と。

静寂が駅宿を支配する。

（昔を思い出すのは、今に生きていない証拠だ。天を見ず、地べたを見とるということだ。ヤキがまわった。そういうことなのか……）

ようやく酔いがまわり、経芳はとろりと眠りに沈んでいった。

†

藤田五郎は、山中宿の外に潜んでいた。

和泉《いずみ》山脈の稜線《りょうせん》はゆるやかで、月が軽やかに浮いている。雄ノ山峠の手前にあり、大阪から和歌山へ入るには、この経路がもっとも近い。

明治政府は、幕府時代の宿駅制度を維持することができず、関所や本陣・脇本陣を廃止していた。人馬の確保についても、民間で陸運会社を設立させ、各駅での差配を任せているほどである。

五郎は、宿に入らなかった。

番所の役人が怪しい者の出入りを見張るため、宿場の端は木戸で区切られている。宿場によっては堀をめぐらせて、木戸を閉じることで要塞《ようさい》化するようになっているが、小銃と大砲の時代では無意味に等しい防御だった。

しかし、そんなことはどうでもいい。

五郎が受けた指示によれば、ここで四名の同志と合流する手はずになっている。とてもそんな気にはなれなかった。

密偵の性分として、猜疑心《さいぎしん》が異常に強いのだ。

大阪駅で村田少佐を見つけ、堺に先回りした。今日は後ろから尾行していたが、途中で村田少佐に怪しまれ、しかたなく間道を探して遠回りをした。どのみち行き先は同じなのだ。

五郎は、村田のことを知っている。

村田は、五郎のことを知らない。

そこが重要だった。

村田少佐は、戊辰の戦に功ありというが、その姿に勇士の精彩は薄かった。

しかも、表情が鬱屈で陰っている。

〈あちらさんは胸を張って表の道を歩いてきた男だ。おかげで、こっちは裏街道の専門家さ。もっとも、うらやましいとは思わんがね〉

九州の戦に出なければ卑怯者《ひきょうもの》と罵られる。

同胞を撃てば、裏切り者として蔑《さげす》まれる。

どちらにしても針のむしろだろう。

〈哀れな生《い》け贄《にえ》だ〉

今回の愉快で後ろ暗い秘密任務でも、長州閥に君臨する山県有朋が、強引に村田をねじ込んできたのだという。

手柄を立てさせたいからか？

まさか！

薩摩閥の勢力を削ごうという山県の小賢《こざか》しい意図が透けに透けていた。

〈それにしても……なんで、おれが村田のお守りを？　ああ、面倒だ。いっそ、斬っちまうか？　どうせ薩人だしな。ついでに、九州へ舞い戻って西郷坊主も斬ってやろうか〉

それも悪くはなかった。

伏見の戦では、刀槍で薩軍の砲に立ちむかった。あの銃兵の中に、村田もいたのかもしれない。当時、五郎は山口次郎《やまぐちじろう》と名乗っていたが、統率のとれた砲撃に追い散らされた屈辱がある。それを晴らすのも一興であった。

だが、彼の親分は怒るだろう。

〈なあに、任務失敗として、適当な報告をでっち上げればいいだけだ〉

やや気分を持ち直したところで、今夜の寝床を確保することにした。

他の連中と合流するかどうかは、起きて様子を見てから決めればいい。紀州に入ってからでも、なんとでもなることだった。

事前に眼をつけておいた社へ爪先《つまさき》をむけたとき——。

生臭い風が吹いた。

五郎は犬のように這いつくばる。

殺気を——それに近いものを首筋に感じたのだ。

〈……どこだ?〉

夏草の匂《にお》いを嗅《か》ぎながら、闇《やみ》の中に敵の気配を探った。

——いる。

たしかに、なにかが彼をうかがっている。

獰猛《どうもう》で、野卑で、猥雑《わいざつ》で、悪意を含んだ好奇心さえ漂っているが、どこで彼を見つめているのか、まったく見当がつかなかった。

追《お》い剝《は》ぎではなさそうだった。

かといって、刺客の洗練された殺気もない。

とにかく、今までに経験したことのない感覚だった。

五郎は戸惑った。

〈もしかして——人ではない?〉

野犬? 猪《いのしし》?

いや、もっと賢い動物だ。

一撃で獲物を仕留める絶対的な自信があり、敵の手強さを慎重に見定めて、相手の隙を衝く狡猾《こうかつ》さも持っている。

たとえば、熊だ。

〈莫迦《ばか》な！　こんなとこまで熊が下りてくるもんか！〉

熊は山の主だが、普通は木の実や動物の死骸《しがい》を食料としている。人の気配には敏感で、わざわざ近づいて襲うよりも避けるほうを選ぶのだ。

人肉の味を覚えた人食い熊となれば話は別だったが、そんな物騒な噂《うわさ》は耳にしていなかった。近隣の様子も穏やかなものだ。

頭では否定できても、狙《ねら》われている事実までは否定できない。あり得ない想念は暗闇を養分として勝手に育っていく。

〈なんだか、斗南《となみ》藩のころを思い出すじゃねえか……〉

遠い昔のことだと、すっかり忘れ去っていたものが、いまごろになって追いかけてきたような嫌な感じがした。

敗戦後の会津藩は解体され、三万石の斗南藩として北方へ追いやられた。

五郎も旧会津藩士の中に紛れて、青森県三戸郡五戸《ごのへ》村に移り住んだ。当時は一瀬伝八《いちのせでんぱち》という変名を使っていたが、五戸村には藤田姓が多く、そこで藤田五郎と改名することにしたのだ。

なにしろ、荒涼たる僻地《へきち》だ。

夜行性の熊が、たまに人里へ下りてきて食料庫を襲うこともあった。

熊の体格は、大きいもので百八十センチほどだ。体重は百五十キロにもなる。分厚い毛皮をまとい、鋭い牙《きば》と爪をもった相撲取りのようだった。

叛徒《はんと》として放逐された者たちに小銃所持が認められるはずもなく、新政府軍と戦った勇者たちは、息をひそめて長屋に引きこもり、ひたすら熊が去るのを祈りながら待つしかなかった。

戦場においては、神や仏に祈ったところで悲惨な敗北からは逃れられなかったことを思い知らされたはずの武人たちが、だ。

神代の――あるいは、もっと太古の信仰心とは、そういうものなのかもしれない。暗闇が、飢餓が、不安が、すがりつけるものを切実に求める。だからこそ、姿のない神への信仰が生まれるのだ。

僻地には僻地の神がいるのであろう。

それは過酷な神にちがいなかった。豊かな都から追いやられ、人も住まぬ鄙《ひな》へと捨て去られた恨みを抱いた――残酷で、荒々しい古神にちがいなかった。

いや――。

もしかしたら、斗南で会津人たちを脅かしている大熊こそが、忘れ去られた神の末裔《まつえい》ではなかったか……そんなことさえ、当時の五郎は思ったものだ。

だが、幸いなことに、異様な気配の正体は熊ではなかったようだ。

くっ、くくっ……。

女の笑い声が聞こえたのだ。

それは張りつめていた神経を逆なでし、余計に五郎を混乱させた。

〈おいおい……斬れる相手なんだろうな?〉

半ば本気でそう疑った。

人でも獣でも、生き物であれば戦える。皮を斬り裂いて、柔らかな肉をえぐることができる。勝つか負けるかはともかく、その結果には納得できる。

化け物が相手では、安心して死ぬこともできなかった。

〈ええいっ、くるならきやがれ!〉

自棄《やけ》になった。

だが、最初から殺すつもりはなかったのか、それとも五郎をからかうことに飽きたのか、妖《あや》しい気配は朝露のように消えていた。

それでも、五郎はしばらく闇の中でうずくまっていた。

背中が嫌な汗でじっとりと濡れていた。

†

世界は暁闇に沈んでいる。

経芳は、山中宿に接した九十九王子《くじゅうくおうじ》の社に潜んでいた。

熊野参詣に九十九王子はつきものだという。

紀伊山地の霊場は、古くから数多《あまた》の修験者が修行の場としている。修験者の情報網は、その情報密度も伝達速度も恐るべきものであった。

明治元年の神仏分離令につづき、明治五年に修験禁止令が出され、修験道は禁止されて、多くの里山伏は強制的に還俗させられたという。

修験者が消滅したわけではない。古い信仰は、しぶといものだ。時代が変わったとしても、したたかに生き残る算段をしているはずであった。

問題は、どちらの味方をしているのか――。

明治政府か？

西郷隆盛か？

経芳は、それが気にかかっていた。

西郷が健在であれば、修験道の復活も期待できよう。福地は、山伏に化けて九州に潜入すべしと示唆していた。ならば、西郷救出の題目を流布させて、熊野の修験者を味方につけていると考えていいのか……。

ともあれ、この社の小石祠が合流の目印である。

夜明けが近い。

旅籠を出るときに、懐中時計で時刻は確認しておいた。時計はアメリカ製のウォルサム。

神戸で入手した中古品だった。

足音が近づいてきた。

二人分だ。

経芳の手がスミスウエッソンに伸びる。

足音の主たちは、ただごとではない気配を帯びていたからだ。

相手の姿が、ぼんやりと見えてくる。

肥満と細身。

どちらも菅笠《すげがさ》をかぶっていた。

経芳の位置は、わずかに風下だ。

蒸れた汗の匂いが漂ってこない。チェスト。舌打ちしたくなった。こいつらには、湯場で垢《あか》を落とす余裕があったのだ。

「山」

こちらから声をかけた。

二人は、はっと息を呑んだ。

出方によっては、経芳も一発ぶっ放すつもりだった。

「あ、ああ……」

肥満漢が、安堵《あんど》した声で答えた。

「こ、越風……」

くだらないが、山県が指示した合言葉だった。

「おいは村田経芳だ」

「おう、わしの名は鈴木《すずき》佐十郎《さじゅうろう》じゃ」

肥満漢が名乗り、細身の小男もつづいた。

「私は……広瀬《ひろせ》孫四《まごし》郎《ろう》と申します」

調子が高く、か細い声であった。

「承った」

白々と明けて、ようやく二人の顔がはっきりと見えてきた。

鈴木佐十郎は、野武士じみた髭面《ひげづら》の壮年男だった。

ずんぐりした体軀《たいく》の着流し姿で、藻のような髪を総髪にまとめていた。顔も大きく、眉は乱暴に千切った海苔《のり》を並べたような案配で、眼が可憐に小さく、鼻は豪壮にあぐらをかき、唇は肉厚であった。

広瀬孫四郎のほうは、鈴木に比べれば、ほとんど別種の生き物だった。

驚いたことに、まだ十五、六の少年である。

いかにも育ちがよさげで、仕立てのいい小袖袴《こそではかま》を着ていた。

目尻は涼やかに切れ上がり、利発そうな顔つきだ。散切り頭の前髪が伸びて、形良く整った眉にかかっている。数年も経《た》てば、さらに顔が縦に伸び、ふっくらとした頰も引き締まって〈よか二才《にせ》〉となるだろう。

二人とも、いつでも出立できるように旅支度を済まし、古布で巻いた小銃らしき長物を肩に担いでいるが……。

〈これが選抜された精鋭か〉

経芳には、とてもそうは思えなかった。

さらに二人加わるはずだったが、他に人の気配はない。

「竹内殿は？」

「あ……た、竹内様は……」

広瀬と名乗った少年は、幽霊のように蒼白《そうはく》な顔をしていた。

眉間《みけん》にシワを刻み、経芳は低く問いかける。

「なにがあった？」

「……射殺されたのだ」

鈴木が声を震わせて答えた。

経芳は、さらに顔をしかめた。

幸先が悪いにもほどがあるというものだ。

†

経芳は、現場を検分するため、彼らが泊まっていた旅籠に潜入した。

単独だ。

他の二人には、社のところで待ってもらっている。

竹内儀右衛門。

それが死んでいる老人の名だった。

大阪で福地が説明していた、救出隊の指揮をとるはずだった人物だ。

竹内、鈴木、広瀬の三人が入った旅籠は、経芳が泊まったところの真向かいであった。

部屋を二つとり、一人で泊まったほうが殺されたということだ。

素性を問う暇はなかったが、竹内儀右衛門は、隠者めいた白髭を垂らした死に顔を見せ、どこか上級武家の気品が香っていた。就寝前に殺されたのだろう。身につけている羽織や袴も上等な代物であった。

凶器はわかっている。

部屋に入ったとき、かすかに硝煙の匂いが残っていた。

朝の光で遺体をあらためると、心臓に一発——弾の侵入口が焦げ付くほどの至近距離で撃たれていると判明した。

椎実形の弾頭だ。口径は十ミリほど。火薬の量が少なかったのか、弾は貫通することなく、身体の中で止まったようだった。

〈だが、小銃でも拳銃でもなか〉

刺客が目立つ小銃を持ち込むとは思えない。

経芳が持っている拳銃でも、発砲すれば派手な銃声が轟《とどろ》き、この近距離ならば背中まで貫通しているはずだった。

小型のスミスウエッソンであれば、二十二口径か三十二口径だ。アメリカ製の銃はインチで換算する。一インチは二・五四センチである。〇・二二インチの二十二口径であれば、およそ五・六ミリに相当する。

もし二十二口径であれば、小さな弾頭は体内で力を吸収されて留まるかもしれないが、侵入口の大きさからしてそれはなかった。

〈二人とも銃声を聞かなかったというが……〉

そこが不可解であった。

街道を隔てていたとはいえ、むかいの部屋には経芳もいたのだ。熟睡していても、銃声が聞こえれば跳ね起きていただろう。

ましてや、鈴木と広瀬は隣の部屋にいたのだ。

経芳は、傷口をほじって弾を摘出したい衝動にかられた。

そうすれば、口径が判明し、旋条の有無もわかる。

だが、死者への礼儀を犯すことになり、第一その時間もなかった。

見るべきものは見た。

つまり、とっとと逃げ出す頃合いであった。

†

いったん街道を引き返し、経芳たちは海沿いに南下した。

雄ノ山峠ではなく、孝子峠《きょうし》を越えることに決めたのだ。

はやくも犠牲者が出ている。何者かに狙われていると考えるしかなかった。竹内老人の遺体には争った形跡がなく、荷物も奪われていなかったことから、押し入ってきた盗賊に殺されたとは思えなかった。

正体は不明だが、敵が待ち伏せしているとすれば、雄ノ山峠のどこかだ。わざわざ自分から飛び込むことはない。それに、孝子峠のほうが距離が短く、いざとなれば山中に紛れ込むこともできた。

「おはん、生国は？」

経芳は、広瀬少年に訊いた。

「山形県の鶴岡からきました」

「旧庄内藩か」

「そうです」

「おはんもか？」

鈴木は、傲然《ごうぜん》とうなずいた。

「わしは士族じゃ。竹内様とは、維新の戦の折り、ともに破軍星旗の袖章をつけて戦った仲よ。孫四郎殿は豪商の子じゃが、かの最上《もがみ》家に仕えていた家臣の末裔じゃ。失礼なことがあれば、わしがタダではおかんぞ」

訊いてもいないことまで答え、経芳を威圧するように睨《にら》みつけてきた。

経芳は黙ってうなずいた。

〈竹内殿は、庄内藩でそれなりの地位にいた人物ということか〉

隠密行にむいていない肥満漢と未熟な子供という組み合わせに対して、経芳は怪訝《けげん》に思っていたが、おそらく竹内老人の要請を受けて、二人は救出隊に参加することになったのだろう。

鈴木はともかくとして、広瀬が選ばれた理由は不明だったが……。

庄内藩は、譜代大名の酒井《さかい》氏が藩主を務め、幕末期には佐幕派として藩論を一本化することに成功し、新政府軍に最後まで抵抗し抜いた藩である。

事情を知らない者からすれば、西郷を奪還する同志としては、不適格に思えるかもしれなかった。

だが、そもそも因縁があるのだ。

将軍・徳川慶喜《とくがわよしのぶ》が大政奉還したことで、幕府の武力討伐を目指す薩摩藩は勢いを削がれる形になった。

そこで、江戸の方々で薩摩人は挑発行動を繰り返した。江戸警護を仰せつかっていた庄内藩兵を中心とした討伐隊が怒り、薩摩藩邸を焼き打ちにしたことによって、薩摩は開戦の大義を得ることに成功したのだ。

それだけに、恭順後の庄内藩は、どれほど苛烈《かれつ》な報復を受けてもしかたがないと腹をくくっていたはずだ。

しかし、明治政府の処置は驚くほど寛大であった。

藩主は謹慎処分となったものの、豪商や地主などが献金した三十万両が功を奏し、明治三年には酒井氏の復帰が認められている。

同じく反新政府同盟の一角を担った会津藩や長岡藩への厳しい処分に比べると、きらびやかな武勲だけが際立つ結果になった。

反薩長の旗頭・会津はしかたないにしても、長岡藩は武装中立の理想を掲げつつも戦乱に巻き込まれ、壊滅的な末路を辿《たど》っていたのだ。

庄内への穏当な処分は、西郷隆盛の意向が大きかったという。

そのせいか、庄内人は薩摩に対して遺恨が薄い。

戦後は親交を深め、明治三年には酒井忠篤《ただずみ》が藩士七十八名を引き連れて鹿児島へ訪れているほどであり、西南の乱が勃発《ぼつぱつ》するや、西郷を思慕する者たちが義兵として薩軍に馳《は》せ参じていた。

経芳は、さらに情報を聞き出そうとした。

「道中、なにか不審なことは？」

広瀬は、子供っぽく小首をかしげる。

「いえ、とくに……鶴岡で実家と取引きがある商船に乗せていただいて、敦賀《つるが》の港からは歩きましたが、途中で問題はありませんでした。大阪からは、馬車で山中宿までこられましたし、怪しい者につけられていたはずもありません」

街道で追い越された馬車には、彼らが乗っていたのかもしれない。

「竹内殿は、宿で誰かと面会していたのか？」

「……わかりません」

少年は、情けなさそうにかぶりをふる。

「私たちは、宿に入って、すぐに寝てしまったので……」

なぜか頬を赤らめた。

「孫四郎殿、竹内殿のことは無念であった」

肥満漢が、破鐘《われがね》のような声を張り上げた。

「しかし、戊辰の役で奮戦したわしがついておる。なにも心配はいらん。竹内殿の分まで働き、見事に使命を果たそうぞ。我ら庄内の義士、いまこそ南洲《なんしゅう》先生の恩に報いるのだ」

南洲とは、西郷の号だ。

体毛が密生した腕をふりまわし、少年を元気づけようとしているようだが、経芳は、よく動く鈴木の顎をぶん殴りたくなった。

往来でわめく内容ではない。どこに刺客が潜んでいるのかわからないのだ。

「はい、鈴木殿」

広瀬少年は、まだ血の気が戻らない顔で微笑《ほほえ》んだ。

「ところで、村田様……本当に、すぐ出発しなければいけなかったのでしょうか？　せめて、巡査殿に報《しら》せて、竹内様のご遺体を弔ってからでも……」

「出発が遅れるだけだ」

経芳は短く答えた。

しかし、少し考えてから、説明を加えることにした。相手は子供だ。ここで話しておかなければ、余計な疑念を抱くかもしれない。

「場合によっては、下手人だと疑われて拘束されるかもしれん。我らには大事な役目がある。無駄な危険は避けるが上策だ」

「それは、たしかに……」

少年はうつむき、きゅっ、と唇を噛《か》んだ。

頼りにしていた大人が殺され、感情の整理がつかないまま出立することになり、どうしていいのかわからなくなっているのかもしれない。

「うむ、しかし、どうであろう。孫四郎殿が、それほどまで気にかけているのであれば、わしが山中宿までひとっ走りして――」

「それは許可できん」

経芳に却下されて、鈴木の顔が激昂《げきこう》の朱に染まった。

「なんじゃと？　貴様、なんの権限があってのことじゃ！」

「竹内殿の代わりに、おいが指揮をとる。軍属として、民間の者を指導するのは当然の勤めだ。——いいな？」

「はい、私はかまいませんが……」

「いや、わしは了承できん！　あんたには、少し問い質《ただ》したいことがある！」

「なにか？」

経芳は、この肥満漢の吠《ほ》え癖にうんざりしてきた。

「あんた、薩摩人じゃな？」

鈴木の眼は挑戦的だった。

「そうだ」

「ならば、なぜ南洲先生と運命を共にしない？　命が惜しいのか？　男として、義に殉じようという気はないのか？」

「おいにはおいの義がある」

経芳は冷ややかに応じた。

士族叛乱の討伐は、タガの緩んだ日本国に焼きを入れ直す作業と同じだ。

焼きが入れば鉄は硬くなる。

ただし、脆《もろ》くもなる。

ちょうどいい案配が肝心であった。

それをよくよく考え、実行に移すのは、大久保利通ら政治家の役目である。一介の技術者である経芳には関係のないことだった。

「東京に残り、やるべきことがあった」

「やるべきこと？　それはなんだ？」

「軍銃一定」

「じゅ……なんのことだ？」

鈴木は愚かしい顔で訊き返した。

「おいは、西郷さんから新しい小銃の開発を託されとる。それだけだ」

「新しい小銃？　つまり、鉄砲鍛冶のことか？」

理解すると同時に、嘲《あざけ》りの言葉が鈴木の口から噴出した。

「ふん、底が知れたわ！　武人でありながら、職人の真似事にうつつを抜かしておるとはな。まったく、見下げ果てた戯《たわ》け者よ。そのような言い訳で、大恩ある南洲先生を見捨てようとは――」

「議は好かん」

「ぎ、議とはなんだ！」

なおも食い下がろうとする鈴木に対して、ぴしゃりと言い渡した。

「この先、もし敵の攻撃を受けたとき、反撃するかどうかはおいが判断する。でなければ、この任務を引き受けておらん。おはんも戦に出たことがあるなら、指揮官に従う重要さをわかるはずだ。嫌なら、ここで引き返せばよか」

鈴木はまだ不服そうだったが、そっぽをむいて口を閉じた。

「それにしても……」

広瀬少年は、思慮深そうな眼を経芳にむけた。

「なぜ私たちは狙われるのでしょうか？　南洲先生をお助けしたいだけなのに……それを妨害して、なんの得が……」

経芳が答える前に、

「川路の下郎が命じたに決まっとる！」

鈴木が吐き捨てた。

たしかに、川路大警視は不平士族の離間を図るため、かねてより数多くの密偵を鹿児島へ潜入させていた。

ところが、密偵たちは西郷の私学校生徒に捕縛され、西郷暗殺指令を自白させられてしまったという。その信憑性《しんぴょうせい》はともかく、私学校生徒はそう信じきって、川路への憎悪をたぎらせていた。

〈大警視の関与はともかく、今も西郷さんに死んでもらいたい連中はおる〉

経芳が東京で襲撃された一件とは性質が異なり、どこで情報が漏れているのか、密命の内容と経路を知っての暗殺にちがいなかった。

〈だが、どちらの密命だ？〉

困るのは、銃口をむけた先が、じつは味方かもしれないということだ。弾丸が敵陣から飛んでくるとはかぎらない。

経芳の胸中は、ますます煙るばかりだ。

それに、もう一人――まだ合流していない者がいる。

いまごろ、宿は大騒ぎになっているはずだ。

気の利いた者ならば、事情を察して和歌山まで追ってくるだろう。

〈それとも、もう刺客に殺されているのか？〉

どちらにしろ、彼と同じく不運な男にはちがいなかった。

†

昼すぎ。

経芳の一行は孝子峠にさしかかった。

戦国期の昔、石山本願寺に味方した雑賀衆《さいか》を征伐するため、織田信長が大軍をもって攻め入った進軍経路の一つである。

当時の紀伊は、鉄砲を全国へと普及させた一大拠点であった。種子島《たねがしま》に伝わった火縄銃は根来《ねごろ》の行人に渡り、堺の町などで量産化され、根来衆や雑賀衆などの鉄砲集団によって華々しく威力を喧伝《けんでん》された。

根来と雑賀で、二千から三千挺《ちょう》あったという。それだけの数で、ときの覇者たちに脅威を与え、世に名を轟かせることが可能な時代であった。

ここに至るまで、山と山の狭間は充分にひろく、大軍の移動も容易だ。視界も確保され、伏兵の配置は難しかろう。

経芳は、大昔の鉄砲戦に思いを馳せていた。

〈じゃが、孝子峠も難所というほどではなか〉

実際に、鉄砲名人で知られた雑賀孫一《まごいち》が指揮する雑賀衆二千は、この峠を越えた先の川べりに築陣して、織田軍十万を迎撃したのだ。

〈いくら大軍でも、前方の峠道を封鎖され、後方を敵別動隊に封鎖されてしまえば袋の鼠だ。当時の織田軍が裏切り者を抱えていれば……〉

風が山頂から吹き下ろされた。

経芳の背筋が冷え、なにげなくふり返った。

「――眼だけでふり返れ」

足を止めず、後ろを歩く肥満漢にささやいた。

「ん？　ああ……一人……おる」

「警視隊だ」

「ああ、わかる」

「街道で昨日も見かけた。そっちはどうだ？」

「わからん」

鈴木は、むさ苦しい顔をしかめた。

こちらは子供連れだ。足が遅くなっている。追い抜くことは簡単なはずだが、警視隊の男は、あえて一定の距離を置いているようだった。

「川路の狗《いぬ》か？」

「竹内様を殺した人ですか？」

鈴木は獰猛に歯を剝《む》き、広瀬少年の声も緊迫している。

「わからん。が、怪しいことは怪しい」

「わしが捕まえて……おっ、立ちションをはじめたぞ」

「放っておけ。間違いであれば、いろいろと面倒だ」

経芳たちは、前方にむきなおった。

峠の標高は百メートルと低く、彼らは緩やかな勾配を登っていく。陰々と蟬《せみ》が鳴いている。鬱蒼《うっそう》とした木々が左右から迫り、暗い峠道の先で頂がほのかに明るく見え、雲がせき立てられるように流れていた。

左側の木陰で、ちか、となにかが光った。

「木に隠れろ！」

経芳は叫んだ。

唐突な大声に、むこうも慌てたのだろう。

たぁん！

銃声が反響し、蝉が口をつぐんだ。

「あっ……」

少年を抱きかかえ、経芳は左側の茂みに飛び込んだ。

鈴木の反応も機敏だ。

即座に這《は》いつくばり、右へ転がって隠れる。

〈なるほど。実戦を知っている動きだ〉

見栄えは悪くても、身を低く伏せれば、それだけ敵の的は小さくなるのだ。庄内で戦ったと自慢するだけはあるのかもしれない。

北越平定後、経芳は米沢攻略にむかったから実際に対戦はしていないが、彼の剣の師である大山綱良《おおやまつなよし》が率いる新政府軍は、洋式小銃で武装した庄内兵と正面から戦って散々な目に遭わされているのだ。

「おい、撃たれた！　撃たれたぞ！　おい！」

鈴木は騒々しくわめく。

敵は頂のあたりに布陣していた。

彼らのように木を盾にして、道を挟んで左右に分かれているのだろう。

距離は五十メートルほどだ。

人体ほどの的であれば、腕次第で火縄銃でも命中させられる距離だが、経芳たちに待ち伏せを気づかれたと焦って先に発砲してしまったのかもしれない。

「当たったのか？」

「当たってたまるか！」

「なら、よか」

「どうする？　反撃か？」

経芳の指揮を受けるつもりらしい。

「反撃だ」

背後を確認すると、警視隊の軍衣は消えていた。

〈あの銀筋も敵側だとすれば……〉

挟撃されることになり、状況は最悪である。

迷っている暇はなかった。

経芳は肩から革鞘を下ろし、黒染めの小銃をとりだした。

最新の流行である回転鎖《さ》閂《さん》式だ。

重く、大きく、不格好であった。まだ試作段階で、作りやすさを優先した結果である。

機関部は経芳が引いた図面を元に職人が製作し、銃身だけはエンフィールドから流用していた。

腰に巻いた胴乱から、経芳はボクサーパトロン実包を一つ抜いた。

試作銃を右脇に挟み、左手で槓桿《こうかん》を操作する。槓桿を回転させ、後ろへ引っぱる。薬室が開くと同時に、撃鉄は巻きヅル状の発条《ばね》を圧縮しながら引っぱられ、引き金と連動した金具に固定される。

薬室に弾薬を差し込み、そっと槓桿を戻した。

あとは引き金を引くだけだ。

経芳の戦闘準備を見て、鶴岡からやってきた二人もそれぞれ小銃に巻いた布を解きはじめた。慌ただしく、不器用な手つきだ。いっしょに梱包《こんぽう》されていた弾薬が、切断された指のようにぽろぽろと地面に落ちた。

鈴木はアルビニー小銃で、広瀬少年のはスペンサー騎銃であった。

アルビニーとは、ベルギー国で採用されている軍用小銃の名称だ。日本では元込めに改造されたスプリングフィールド小銃を指している。

スペンサー騎銃は、アメリカ軍が南北戦争で使った小銃であった。馬上で扱いやすいように、アルビニー小銃より三十センチほど全長が短かった。

二挺とも、政府の回収命令を拒んで隠匿していたのだろう。

「操作は知ってるか？」

経芳は、少年に訊いた。

「は、はい！」

広瀬は、両手で小銃にしがみつく。小柄な体格には大きいが、その重みは、ときとして勇気を与えてくれる。たとえ蛮勇だとしても。

少年は、震える手で銃床の裏板をまわした。弾薬を装填《そうてん》する長い管を引っ張り出し、実包を一つずつ管へ詰め込んでから、ふたたび銃床へ押し込む。

機関部下の把手《とって》を前に押し出すと、遊底が動いて薬室が開く。弾薬は発条によって押し出され、薬室に送り出される。引き金を引けば撃発。把手を前に押し出すと、排莢《はいきょう》と同時に、次の弾が装填される。管に装填した実包七発がなくなるまで、ひたすら把手を操作するだけで連続発射できる仕掛けだ。

緊張で動きは堅くなっているが、少年の操作は確実だった。もともと慎重で、几帳面《きちょうめん》な性格なのだろう。

経芳の口元がほころんだ。

「気張れ」

「は、はい」

「だが、落ち着いてな。おはんには、おはんにしかできんことがある。ゆったり構えて、それをやればよか」

「はい！」

「鈴木さん、そっちは？」

「こ、これは竹内殿の鉄砲だ。わしはエンピールしか使ったことが……」

鈴木の顔はこわばっていた。

エンピールとは、前込め式のエンフィールド小銃のことだ。

戊辰戦争では、最後まで前込め小銃が主戦力であった。スナイドル小銃は弾薬も貴重で、触ったことすらない兵がほとんどだっただろう。

「慌てるな。操作方法は、元込めのほうが簡単だ」

「そうか？　た、頼む。教えてくれ」

「撃鉄を半分引け。それから、遊底を開く」

「駄目だ！　開かん！」

「アルビニーの遊底は縦に開く。横じゃなか」

過渡期の元込め小銃は、考案された新機構によって操作方法が異なり、慣れていないと混乱してしまうこともある。

それでも、アルビニー式ならば、スナイドル式とほとんど同じである。どちらも前込め小銃を低廉に改造している。撃鉄は雷管銃のまま残し、銃尾を削って、遊底を装着する方式を採用していた。

「おおっ、開いたぞ！」

鈴木は快哉《かいさい》を放ち、嬉々《きき》として弾薬を込めた。

「弾は入ったか？」

「おう！」

「なら、遊底を戻して、撃鉄を最後まで引き起こす。それで発射準備が完了だ。エンフィールドのように雷管をはめる必要はなか」

「よ……よし、できた！」

戦闘中だというのに、鈴木は晴れやかな笑顔になった。

妙に憎めない男だ。経芳は苦笑した。

「さあこい！」

鈴木は、さっそく発砲した。

スナイドルと共通で、十四・五ミリのボクサーパトロン実包だ。発射後に遊底を開くと、空の薬莢が外に弾き出され、おおっ、と鈴木が驚く。この排出装置は便利だが、一方で壊れやすいのが難点であった。

鈴木が次弾を込める。

広瀬少年のスペンサー騎銃も火を噴いた。

応じるように、むこうも数発撃ってきた。

「おいは側面からまわりこむ。二人とも、敵を狙う必要はなか。ときどき発砲して、注意を引きつけろ。それから、撃つときには、同じところから顔を出すな。相手の腕がよければ、自分の頭を撃ち抜かれる」

そう言い残して、経芳は木々のあいだに潜り込んだ。

陽は昇りきっている。

これが夜明け時ならば、高所の有利に加えて、太陽を背負った敵が圧倒的な優勢を確保していただろう。

藪蚊《やぶか》に刺されながら、経芳は茂みの中を慎重にすすんだ。

〈敵は、二人か三人……〉

そんなところだろう。

心は急《せ》いたが、こちらの接近を悟らせたくなかった。駆け出さず、慎重に斜面を登り、どちらかの銃声が聞こえたら、それにあわせて一気に足をすすめた。

風が強かった。

木々が激しく揺れる。

好都合だ。風は足音を消してくれる。

数メートル登ったところで、いったん立ち止まった。

小銃の重さで、歩くたびに右肩が疼《うず》く。

左手に持ち替えて、横への移動に移った。

〈やはり、回転鎖閂式しかなか〉

試作銃を抱えながら、経芳はあらためて認識した。

スナイドルやスプリングフィールドでは、剝き出しの撃鉄が衣服などにひっかかりやすく、斜め上から撃針をたたくので、狙いが乱れる元になる。

回転鎖閂式ならば、この撃鉄を省略できる。内蔵された撃針が前後に滑り、発条の力で薬莢の尻を直打する。軸は乱れず、的に命中させやすい。

スペンサー騎銃も先進的だが、把手を前後に動かす独創的な操作が仇《あだ》となって、構造的に短い実包を使用するしかない。つまり、射程が短くなる。陣地にこもっての守備戦では心強くても、見晴らし良好な場所では頼りなかった。

射程は長いほうがいい。有利な距離で攻撃できるだけではなく、射手に恐怖心を感じにくくするだけでもなく――。

撃つべき敵の顔が見えにくく、兵の良心が咎《とが》めないからだ。人間が人間を殺す。いつの時代でも、そう簡単なことではなかった。

〈弾は十一ミリがよか。西洋でも小口径化にむかっている。反動が小さくなり、射程距離も伸びるからだ。口径が小さくなれば、銃身も細くできる。スナイドルより軽くできる。装備の重量によって、歩兵の移動速度や疲労度も格段に……〉

こんなところで自分はなにをしているのか……。

腹腔《ふくこう》で苛立ちが暴れる。

東京の研究室に戻るまで、どれだけ藪の中を這いまわり、藪蚊に血を吸われなければならないのか。

〈ええい、迷うな！〉

今は目前の敵に専念すべきだ。

鬱屈を圧搾し、爆燃性の怒りへと変換させた。若いころであれば、こんな儀式は必要ない。考える前に身体が飛び出していたはずだ。

チェスト！　ひっ跳べ！　ぶっ放せ！

敵の銃声。近かった。

茂みから覗《のぞ》くと、峠道の反対側で、木の幹に張り付いている若者が見えた。山伏の行者服をまとい、射撃の邪魔なのか頭巾を外している。髪は還俗して数ヶ月の坊主並に短かった。

修験者——。

〈面倒なことになった〉

経芳は苦く思った。

しかし、詮索《せんさく》は後まわしだ。

敵が構えている小銃はドライゼ銃であった。

回転鎖閂式の元祖だが、薬莢は紙製だ。湿気に弱く、長い撃針が弾薬の尻を貫くことで雷管を発火させる仕組みのせいで、撃針が熱で脆くなる欠点を持っている。弾の口径も時代遅れの十八ミリだ。

すでに旧弊化しているとはいえ、そのあたりに転がっている小銃ではなかった。

だが、とくに驚くほどの謎《なぞ》はない。

幕末期の紀州藩は軍の洋式化に出遅れていたが、御一新となってからは独自にプロシア将校を招いて兵制改革に心血を注ぎ、近代化された二万の徴兵軍を保持して全国を驚嘆させている。

突如として、日本の中心地に、プロシア式の軍事国家が誕生したようなものだった。京や大阪などの重要拠点にも近く、廃藩置県の施行で解体されるまで、政府の要人も気が気ではなかっただろう。

ともあれ――。

プロシア式であれば、正式装備はドライゼ銃であったはずだ。政府への供出を惜しんで、一部を隠匿していたとしても不思議ではなかった。

〈敵も味方も元込め銃か。豪勢な時代になったものだ〉

これで一人は把握できた。

ということは、道を挟んだところに――。

草木の茂みを抜けたとき、また山伏姿と鉢合わせしてしまった。

書生じみているが、強情そうな顔の男だ。

経芳と同じ戦術を思いつき、側面からまわり込むつもりだったのだろう。驚いて、糸のように細い眼を剝いていた。

近すぎる。

狙って撃つ余裕はない。

ここで遭遇するとは思っていなかったらしく、敵もドライゼ銃を肩に担いでいた。

経芳は腰だめで発砲した。

銃弾を腹で受けとめ、山伏は独楽《こま》のようにまわりながら斜面を転がり落ちた。

〈銃声は聞こえたはずだ。逃げるか〉

もう一度、道の反対側を覗き込んだ。

敵は思わぬ銃声に驚愕《きょうがく》し、こちらの姿を眼で探している。

素早く動けば、かえって見つかりやすい。

経芳は、ゆるりとしゃがみ込んだ。

この肩では、座ったほうが構えは安定する。槓桿を操作して、真鍮《しんちゅう》の薬莢を排出。右肩が利かないせいで、滑らかにはいかない。なんとか次の弾を装填した。

木々の隙間を探り、相手の姿を捕える。

十五メートル。

目当てを覗かなくても必中の距離だ。

〈こちらのほうが高所だ。やや下を狙わなければ……〉

若者と視線がかち合った。

経芳に動揺はない。引き金を絞る。

どんっ、と反動が左肩を襲った。

弾は胸のあいだに命中し、若者はドライゼ銃を抱え込むように倒れた。

〈やれ、これで片付いた〉

わずかに気を抜いた瞬間だった。

「——きぇっ」

斜面の上から奇妙な声が聞こえた。

三人目がいたらしい。

ふり返ると、ざすっ、と倒れる音がして、ずささ、と転がり落ちてきた。柿《かき》色の着物に威勢よくたすき掛けをした浪人風の小男だった。垢染みた首筋から大量の鮮血を噴き出している。

「おい、撃つなよ?」

上の茂みから、のっそりと警視隊の軍衣があらわれた。

〈いつのまにまわり込んだのか!〉

完全に意表を突かれていた。

肩幅のひろい屛風のような大男は、人を斬ったばかりの刀身を右手に提げ、なにかを思い出すように首をひねった。

「ああ、なんだったかな。そうだ。山だ山」

経芳は、太い息を吐いて、答えた。

「越風……」

大男は、口元をゆがめ、白い歯を見せた。

「警視隊の藤田五郎だ」

「陸軍少佐、村田経芳」

視線を絡め、互いに名乗った。

「おはんが最後の一人か」

「ああ、そのようだ」

「なぜ、すぐに合流しなかった？」

「おれは小心者でね。本当に味方なのかどうか、ちょっと様子を見ていたのさ。で、さっそく宿で竹内某《なにがし》とかいう爺《じい》さんが殺されて、こんなところで銃撃戦がおっぱじまった。まったく、愉快な旅になりそうじゃないか？　ええ？」

軍帽の下で、落ちくぼんだ両眼が暗い光を凝らせ、経芳を冷静に観察している。

奇異な男だった。

無数の修羅場をくぐり抜けてきたが、実際に地獄で閻魔《えんま》帳を覗き、自分の名前を見つけられずに白けて還ってきたような顔をしていた。

「さて、他の同志にも紹介してもらおうか」

警視隊の剣士は薄暗く笑った。

†

峠越えを諦《あきら》めて引き返し、海岸沿いをぐるりと遠回りすることになった。

村田の説明はこうだった。

銃声は孝子峠の反対側にまで届いているはずだ。そこへ、鉄砲らしきものを担いだ連中があらわれれば、余計な疑念を抱かせることになり、恐怖に駆られて役人へ通報されるかもしれない。

最大の問題は、その〈余計な疑念〉が正しいということであった。

実際、峠には三つの死体が転がっているのだ。

飯は通りがかった漁村で購《あがな》った。

五郎は、まるで最初から旅に同行していたような顔で、西郷救出隊の一人として、しゃらりとおさまっている。

広瀬は、英雄に憧《あこが》れる年頃なのだろう。九州で武名を轟かせた警視隊と聞いて驚き、怖れと好奇心を同時に刺激されたようだったが、どちらかといえば好意的な興味を五郎に抱いたようだった。

鈴木佐十郎という肥満漢は、親の仇でも見つけたような苛烈さで睨んできた。西郷派としては、そのほうがあたりまえの反応であった。五郎を露骨に警戒しながら、口を利くのも穢《けが》れとばかりに無視を決め込んでいる。

「なあ、どう思う?」

五郎は、村田の横に並び、小声で話しかけた。

後続の二人への配慮だ。

鈴木はともかく、子供に聞かせるべき話とも思えない。

「……どう？」

「待ち伏せについてだよ。どんぴしゃだ。毎日すべての峠を見張っていたとは思えん。誰かが通報したと考えるべきだ。ただ、どの経路を通って紀州入りするか特定できなかったから、少人数しか配置できなかったんだろう」

村田の鈍い表情から、同じ意見だったらしいと五郎は読みとった。

「竹内殿を殺害した下手人と同じだ」

「だろうな」

五郎も同意した。

「何者かが宿で竹内さんを殺し、その足でどこかに通報した。峠の襲撃はどこか素人臭いが、失敗が許されない計画的な暗殺は玄人の領分だ」

「山伏か？」

村田が、推論の一つを投げてきた。

「ありゃ、偽行者さ」

五郎はせせら笑った。

「なぜ？」

「修験者が、和歌山藩のドライゼ銃で武装？　それだけでもおかしな話だ」

村田も素直にうなずく。

二人とも、結論は同じだが、言葉で確認したかっただけなのだ。ただし、敵の素性がわからないことにはちがいなかった。

山伏が持っていたドライゼ銃の銃床には、和歌山藩の紋が刻まれていた。もちろん、秘匿品だろう。お手軽に入手できるような代物ではなかった。

「村田さんよ、ここで襲ってきた連中は、ただの食い詰め浪人かもしれんが、必ず裏に協力者がいるはずだ。下手をしたら、かなりのお偉いさんがな」

五郎の推論に、村田は無言で答えた。

口にしなくても、互いにわかっていることだ。

暗殺者にしろ襲撃者にしろ、西郷救出を邪魔したいとしか考えられない。

それは、外部に情報が漏れていることを意味しているのだ。

〈親分、情報封鎖に失敗したな。無理もないか。問題が大きすぎるし、関係する派閥も多すぎる。どこかに裏切り者がいるのは確実なんだが……〉

密偵の現場とは、いつもこんなものだった。

情報が少なすぎる。あるいは多すぎる。考えなければ敵の罠《わな》に飛び込むことになり、考えすぎても足もとをすくわれる。

妨害勢力の心当たりがありすぎて、どこかとは絞れなかった。

夜になって――。

一行は、ようやく和歌山へ踏み入ることができた。

四章
維新の亡霊

〈あぁ……まったく、愉快な旅になりそうじゃないか！〉

藤田五郎は、皮肉な感慨を舌先で転がした。

紀ノ川を渡り、城下町をこっそり通り抜け、今は和歌浦《わかのうら》の港を目指しているところだった。そこで、地元の協力者が出迎えてくれることになっている。二人の同志も加わって、そこから先は六名での船旅になるはずであった。

一行の先頭で、陸軍少佐が夜道に提灯《ちょうちん》をかざしている。

その後ろを、鶴岡の二人組が寄り添うようにしてつづく。

そして、殿《しんがり》軍が五郎であった。

竹内儀右衛門。

広瀬孫四郎。

鈴木佐十郎。

薩摩蜂起の直後から、なんとかして西郷を助けたい大久保利通の打診に応じて、木戸孝允が秘《ひそ》かに確保していたという三名だった。

竹内儀右衛門は、旗本で編成された小隊を率いて新政府軍と戦った経験がある。だから、救出隊の指揮官として選ばれたのだろう。

広瀬孫四郎は、庄内藩の恩人である西郷を助け出すという冒険に陶酔した世間知らずな商家のお坊ちゃんといったところだ。

そして、鈴木佐十郎は、元新徴組という触れ込みであった。

〈ふん、新徴組か〉

新徴組の前身は、奇《く》しくも庄内出身の尊攘志士・清河八郎《きよかわはちろう》の建策によって結成された浪士組である。

文久三（一八六三）年、尊攘激派による暗殺が猖獗《しょうけつ》を極めた京の都へ、当時の将軍・徳川家茂《いえもち》が上洛《じょうらく》する運びとなり、その警護をするために二百四十名の食い詰め浪士が支度金を餌《えさ》に集められたのだ。

しかし、浪士組は、京に到着するや内部分裂を起こした。

水戸脱藩士・芹澤鴨《せりざわかも》や江戸牛込に道場を構えていた撃剣家・近藤勇《こんどういさみ》をはじめとする数十名の浪士が京残留を希望し、後に会津公御預かりの新撰組となって京洛に血刀をふるうことになった。

清河八郎は、残りの浪士を率いて江戸へ戻った。

もとから、清河の真意はべつのところにあった。浪士組を帝の尖兵《せんぺい》にした攘夷行動の実現である。

その過激な意図に、遅ればせながらも気づいた幕府側は驚き、幕臣の佐々木只三郎《ささきただざぶろう》に命じて清河を暗殺させていた。

首領を失った浪士組は、庄内藩の御預かりとなった。〈新徴組〉と名を改めて江戸市中の警備にあてられ、鳥羽・伏見の戦のきっかけとなった江戸薩摩藩邸の焼き打ちにも参加し、庄内藩士とともに最後まで戦い抜いたのだ。

維新後の鈴木は、鶴岡で開墾事業などに参加していたようだった。

〈だがなあ……〉

五郎の口元が、意地悪く微笑をひろげる。

義に篤《あつ》く、即戦力となる若者ならば、とっくに九州の薩軍へはせ参じている。ひと足もふた足も遅れて、いまさら戦地に潜り込もうというのは、敏捷《びんしょう》さに欠けた死にたがりの老兵か、世間知らずの子供か……。

〈腹に一物ありの喰《く》わせ者だ〉

逆賊となった新徴組を詐称しても意味はない。そのあたりは本当なのだろう。浪士組が江戸に戻ったころに入隊したにちがいなかった。

「――広瀬殿、ご安心めされい。たしかに、竹内様は凶賊に殺された。わしらも峠で襲われた。だが、敵が何者であろうと、わしも竹内様とともに破軍星旗の袖章《しゅうしょう》をつけて戦った猛者よ。大船に乗ったつもりで――」

少年を励ます鈴木の莫迦声《ばかごえ》だった。

暑苦しい男だ。

よほど自慢なのか、破軍星旗、破軍星旗と百歩すすむごとに繰り返している。少年の忍耐力もたいしたものだと五郎は感心した。

風がやみ、海原も凪《な》いでいる。

月は出ていなかった。

提灯を持っているのは先頭の村田だけで、その後ろは闇《やみ》に呑《の》まれていた。

殿に飽きた五郎は、鶴岡の二人を追い抜いた。

背中に鈴木の敵意が刺さるのを感じた。

この肥満漢は、母鳥が雛を抱き込むように年少者の庇護者《ひごしゃ》を気取っているが、広瀬少年のほうでは峠での銃撃戦から村田へ憧憬《しょうけい》の眼差《まなざ》しを注いでいた。

それがまた鈴木には面白くないようだった。

五郎は、村田に話しかけた。

「変わった提灯だな。あんたの物かね」

「ああ、おいが工夫した」

その提灯は、薄く叩《たた》き伸ばした金属板で灯を覆い、上下左右と後ろに明かりを漏らさず、前だけを照らす構造になっている。使わないときは、風防を折り畳んでしまうこともできるらしい。

　これならば、武器といっしょに運んでも邪魔にならず、夜に敵中を突破しなければならないはめになったときには便利至極だろう。

「器用なもんだ」

　五郎も器用なほうだが、算術や細工はわからない。

「器用といえば、あんたは鉄砲の名人らしいが……もしかして、左利きかね？」

　そろりと探りを入れてみた。

　右に担ぐべき鉄砲を、村田は左肩で担いでいた。もとから左利きというには、ややぎこちない動きに見えたのだ。

「いや……右だ」

　村田の声は硬かった。

「鉄砲か？　刀か？」

「小銃だ」

「いつ？」

「四月に」

「孝子峠では、見事に命中させていたがなあ」

「距離が近かった」

「しかし、それでも左だ。謙遜《けんそん》する腕じゃないだろ。たいしたもんだ。まあ、両利きにこしたことはない。刀も鉄砲もな」

村田は沈黙した。

五郎は鼻先で嗤《わら》った。

「どうやら、この仕事を楽しんでいないようだな」

「おはんは楽しいのか」

「ああ、楽しいな。おれたちの役は、妖怪に捕われた姫君を救い出す英雄だ。まるで講談じゃないか。姫君というには、図体も態度も太いがね」

妖怪といえば——。

山中宿の外で遭遇した怪異については、まだ村田にも話していなかった。怪しいというか、妖《あや》しいというか、とにかく、なにかを見たわけではなく、誰かに傷を負わされたわけでもないのだ。

妙な体験をしたというだけでは、話したところで笑われるのがオチだった。ましてや、妖怪の気配を怖れて、雄ノ山峠の手前で夜を明かしたおかげで、彼らに追いつくのが遅れてしまったとあれば……。

「おはん、西郷さんが憎いのか？」

「おれは会津人だがね。じつのところ、それほどじゃない。九年前のお返しは、九州でたっぷり楽しんだ。——が、あの太い首は別だ。恨みは晴れても、あれを斬《き》り落とさねば、この戦は終らないようだ」

西郷が降伏したところで、死が待っているだけだろう。

佐賀の江藤新平も萩の前原一誠も、明治政府発足時の中心人物でありながら、次々と蜂起しては処刑されているのだ。

村田は口を閉ざしてだんまりだ。表情は暗くてわからない。反論があるにしても、この密命が成功するとは思っていないようだった。

〈村田経芳か。見た目ほど鈍い御仁じゃないな〉

五郎は、そう見ていた。

薩摩人は自分の能力を一つに傾注するため、あえて単純に徹しようと心がける。初太刀にすべてをかける示現流《じげんりゅう》の凄《すご》みと似ていた。歳《とし》を経るほどに愚鈍を装い、その裏でしたたかな策謀を練る。あの大西郷を見るがいい……。

〈とはいえ……〉

しょせん、職人肌の技術屋だ。

〈とくに思想らしきものはなく、ただ自分の仕事を成すためだけに、庇護者としての政府に仕えている無害な男だ。残念ながら、いくら今回の任務が面倒だとしても、これじゃ斬るわけにはいかんな〉

考え込みながら、五郎の手は無意識のうちに柄頭をいじっていた。

潮風が吹いてきた。

そろそろ和歌浦湾が近いのだろう。

波が轟々《ごうごう》と鳴っている。

雲が薄くなったのか、月の光でぼんやりと明るくなったときだった。

「動くな！」

警告が発せられ、十数人ほどが物陰から出現した。ある者は提灯と拳銃《けんじゅう》を両手に持ち、ある者は刀を上段に構え、他の者たちも小銃などで武装している。書生風の若者と行者服も何人か混ざっていた。

「なんだ、もう着いていたのか」

五郎は、あたりを見まわした。

左は斜面になっていて、黒々と木が茂っている。枝葉の隙間《すきま》から屋根と鳥居らしき構築物が見えた。ここが待ち合わせの神社なのだろう。

村田にも動揺はなく、提灯を折り畳んで懐にしまっていた。悠揚迫らざる様子で、いかにも頼もしげだ。

「ど、どういうことだ？」

突然の包囲に狼狽《ろうばい》したのは鈴木であった。

五郎は、すん、と鼻孔から夜気を吸った。

湿気を含んだ潮風だ。

殺気は四方から肌を刺しているが、脅えと疑念の匂いも混ざっている。

「安心せい。敵であれば、声より先に弾が飛んでくるはずだ」

村田が、鈴木をなだめた。

「私たちが乗るのは、あの弁才船《べざいぶね》でしょうか？」

広瀬少年は、細い首を伸ばして、右のほうを覗き込んでいた。

意外にも落ち着いている。

つられて五郎も見た。

なるほど。船溜《ふなだ》まりがある。

暗くて細部はわからないが、木造の物揚場が組まれ、帆を下ろした和船が一隻だけ繋《けい》留《りゅう》されていた。三百石積あたりの中型船だろう。

「貴様らに尋問の筋あり！」

居丈高に宣し、洋装の男が前に出てきた。

彼が首魁《しゅかい》なのだろう。

年のころは三十代半ばだろうか。今でも充分に美男だが、昔はもっと若々しく、不敵なほど初々しく、無邪気な自信に満ちあふれていたであろうと容易に想像できる才気走った顔をしていた。

しかし、どんな人生を歩んできたのか、天が彼から希望を奪い去ったかのように、無残な陰りを目元に刻んでいる。だがそれは酷薄な運命を諦《あきら》めて従うのではなく、いまだ承服しかねている狂乱の眼《め》であった。

五郎は、その顔に見覚えがあった。

「尋問？　見たところ役人じゃないようだが」

口の重い村田に代わって、五郎が対応することにした。

こちらは相手を知っているが、むこうはこちらの素性など知らないだろうとたかをくっていた。それが裏目に出ることになった。

「あんた、陸奥《むつ》さんだろ？」

「そ、そうだ。君は？」

陸奥は名指しに動揺し、戦場帰りの鬼気を発する五郎に怯《ひる》んだようだった。

「警視隊の藤田五郎さ」

「川路の飼い犬か！」

気後れをふり払うためか、陸奥は侮蔑《ぶべつ》を隠さなかった。

五郎は冷ややかな微笑で受け流す。


陸奥宗光《むねみつ》。

父親は没落した紀州藩士で、十五のころに江戸へ出て学問を積みがてら錚々《そうそう》たる志士たちと遊行し、志を得て脱藩した後は、父と親交のあった坂本龍馬《さかもとりょうま》に見込まれて、勝海舟《かつかいしゅう》の神戸海軍操練所に入ることを許された。

坂本龍馬が率いる海援隊を支えた切れ者である。

鳥羽・伏見の戦で旧幕府軍が朝敵となるや、パークス英国公使に面会を申し込んで日本の外交政策を相談し、京で「王政復古と開国政策を各国の公使に通達するべし」との意見書を提出して岩倉具視《いわくらともみ》の賛同を受けていた。

戦にこそ出なかったが、旧幕府がアメリカに発注していた甲鉄艦を新政府軍の旗艦とするため、局外中立を主張して引き渡そうとしないアメリカを説得し、大阪の豪商を集めて五十万ドルの購入金を引き出した希代の才弁家である。

維新後も、陸奥の辣腕《らつわん》は止まらなかった。

旧幕府軍の敗兵をかくまった疑いで、人質同然に京で留められていた紀州藩主への勘気を解くべく朝廷に働きかけ、わずか数年とはいえ和歌山藩をプロシア式の軍事国家に変貌《へんぼう》させた男こそ、この陸奥宗光であった。

だが、縦横の才気を誇った陸奥にも、人生の変転が訪れていた。

外国事務局御用掛、兵庫県知事、神奈川県令、地租改正局長などを歴任していたが、薩長の専横に憤激して郷里の和歌山へ去っていたのである。

優れた才弁家として、今後も輝かしい功績を歴史に残すであろう陸奥宗光にとって、おそらく今は逼塞《ひっそく》の季節なのであろう。

警視庁からすれば、立派な要注意人物であった。

仲間の密偵から仕入れた情報によると、陸奥は土佐立志社の激派と連絡をとって、西南の騒乱を利用して政府転覆を謀っている疑いがあるとのことであった。

「ご挨拶《あいさつ》だな」

声はのんびりしているが、五郎はぬかりなく相手の武器を数えていた。なにかといえば、筒先を人にむけて威嚇する。この新時代の挨拶には、いまだ慣れなかった。なにしろ、こちらの切っ先は三尺二分しかないのだ。

「それにしても、どういうことなんだ？　あんたらは、おれたちを手助けすることになってるはずだがね」

「そうだ。危うく騙《だま》されるところだったよ」

「どういう意味だ？」

五郎が問うと、陸奥の眼は憎悪を噴いた。

「貴様らが、西郷の暗殺を企んでいるという通報が入っている。山中宿で鶴岡からきた同志が射殺されたことは確認済みだ。念のため、各峠を見張らせていた我ら同志のうち三名が殺されている。証拠は明白だ。川路の指示で、西郷救出派の者だけ殺したのだろう？」

「いやいや、待て待て」

五郎は戸惑った。

陸奥の言葉が正しいとすれば、孝子峠で戦った連中は味方だったのだ。

莫迦な！

「うちの親分の上は大久保さんだ。もちろん、西郷を助けたがってるさ。川路の旦那《だんな》だって、そこまで西郷を憎んでいるわけじゃないんだ。だいたい……峠じゃ、そっちから先に銃撃してきたんだぜ？」

「ほう、殺害を認めたな。こいつらを縛り上げろ！」

「だから、少し待てよ。通報が入ったといったな？　そりゃ何者からだ？」

そこが重要だった。

通報者は、山中宿にいたことになる。それらしい人物は見ていない。あるいは、宿の者が陸奥の密偵だったというのか……。

〈まさか、あの妖怪か？〉

くだらねえ！

その通報者とやらが、竹内老人を夜中に殺害し、その足で紀州に駆け込んで五郎たちに罪をなすりつけたと考えたほうが自然だった。あるいは、この包囲陣の中に真犯人が交ざっているのかもしれない。

「教える筋合いはない！」

陸奥は甲高く吠《ほ》えると、手近の提灯をひったくった。そして、五郎を脅すように突きつけてくる。まるで猛獣扱いだ。

五郎は眼を細め、明かりから視線をそらした。いざ戦闘となった場合、闇に慣れていなくては存分に働けないからだ。

用意のいいことに、村田も最前から右の眼を閉じている。

〈しかし、それにしても……〉

陸奥は激昂《げきこう》しすぎていた。

弁舌や交渉は得意だが、そもそも徒党に馴染《なじ》む男ではない。現実に失望したところで、とことん堕《お》ちるには品も頭も良すぎる。

だから——心を病むのだ。

〈大人になれば賢くなる。それは嘘《うそ》だ。世の中が発狂したような動乱期は、餓鬼の狂気で乗り越えるしかない。そして、餓鬼のまま大人になる。餓鬼は諦めないから、いつまでたっても餓鬼のままだ。どっしりと安定する歳になっても成熟しやしねえ。引き際が自分じゃわからねえんだ〉

誰かに引導を渡してもらうまで、亡者の行進は止まらないのだ。

「あのな——」

「容疑を否定するのか？」

「あたりまえだ」

まだ交渉の余地は残っていると五郎は見た。

冷静にさえなれば、陸奥も混乱の源に気づくはずだ。そのためには、もうこれ以上は激昂させないことが肝要だった。

「ならば、勅書を見せよ」

「勅書？」

「帝が西郷を赦《ゆる》すという密勅だ。あるはずだ」

「あ……」

五郎は啞然《あぜん》とした。

義憤で野に下った陸奥が、鬱屈のあまり狂を発したのかと疑ったのだ。

「そんなもんあるかよ」

「ならば、もはや問答無――」

言いかけて、陸奥は息を呑んだ。

血走った眼を剝《む》いて、五郎の顔を凝視している。

「……さ、斎藤一《さいとうはじめ》……新撰組！」

五郎は舌打ちした。

〈くそ！――天満屋《てんまや》だ！〉

「な、なん……新撰組ちゃ！」

まさかのまさか。最悪の最悪だ。

包囲している連中は、新撰組と聞いて浮き足立っている。当時の京を知らなくても、会津公から下される褒賞金を目当てに攘夷志士を斬りまくった壬生狼《みぶろう》たちの凄惨《せいさん》な記憶は人から人へと伝わっていくものだ。

悪名も役に立つ。五郎は苦笑した。

話し合いは決裂。いっそ清々した。

今斬り込めば、一人か二人はやれる。小銃の存在は気にしなかった。この近距離で撃て

ば同士打ちは必至である。船を奪ってしまえば――〉

〈血路を開いて脱出だ。陸奥を人質にして、
だが、五郎よりも放胆な男がいた。

村田だ。

近距離で銃声が耳を蹴《け》飛《と》ばした。

提灯が二つ同時に弾《はじ》けた。

わずかに後れて、残りの一つも消える。

「ひっ翔《と》べ！」

村田が叫び、囲いの一角に突進した。

とっさに五郎も追いかけた。刀の鯉口《こいぐち》を切りながら、近くにいた髭面《ひげづら》の男を蹴飛ばした。

鈴木もここが正念場だと悟ったのか、うおおお、と獣のように咆哮《ほうこう》しながら、背負っていた小銃で数人を殴り倒していた。

五郎は舌を巻いていた。提灯を粉砕したのは村田の拳銃だ。こうなることを想定して、自分の提灯をしまっていたのか――。

〈だが、銃声は一発。どうやって提灯を三つとも？〉

奇術でも目撃した思いだった。

敵は慌てふためいている。けっこうなことだ。多勢で油断していたところを衝かれ、恐怖心が暗闇で増幅され、面白いほどに混乱していた。村田が走りながら夜空へ数発撃つ。

さらに恐慌を呈した。

「血ぃ……こじゃんと……血ぃが！」

子供のように泣きわめく声が聞こえた。

海辺に出た。

「おれの真後ろで撃つんじゃねえ！」

五郎が罵《ののし》ると、村田は冷静に切り返してきた。

「前ならば閃光《せんこう》で目が眩《くら》む」

そして、村田は後方の二人に注意した。

「武器は出すな。船まで一気に駆けろ」

和船が近づいてきた。

舳先《へさき》が突き上がり、船底から舷側《げんそく》にかけて独特の傾斜を持っている。洋船に見慣れた眼には、かえって新鮮であった。船体に墨を塗りたくっているのは、闇に紛れた潜入作戦を前提としているからだろう。

た、たんっ。

たたたたんっ。

船の尻から銃火が閃《ひらめ》いた。

五郎は伏せ、鈴木も広瀬少年をかばうように這《は》いつくばる。

さすがに村田も立ち止まった。

「ガトリング砲か」

「おい、伏せろ！」

「心配いらん。援護射撃だ」

村田は小憎らしいほど落ち着いている。

「味方か？」

「そうだ」

「なぜわかる？」

「おいが撃った提灯は一つ。残りは船からの狙撃だ」

五郎は驚愕《きょうがく》した。

彼らが包囲されていた場所から、この船溜まりまで百メートルはある。よほどの使い手でも、この暗闇では——。

「はよう乗らっしゃい！」

和船から老人の声が飛んできた。

五郎は腹をくくった。どちらにしても、他に道はないのだ。

闇から闇へ。

いつものことである。

物揚場に駆け、五郎と村田は渡し板から船に乗り込んだ。少し遅れて、鈴木と広瀬少年も転がるようにして乗船する。

「よし、船を出せ！」

村田が叫んだ。

ぱーん、ぱすっ、ぱんっ、といまさらのように追撃の弾が飛んでくる。船尾でガトリング砲が返礼の銃火を賑々《にぎにぎ》しく放ち、村田もいつ革鞘《かわざや》から出したのか自慢の小銃で威嚇射撃をはじめた。

船の水夫がもやい綱を解こうとしている。が、素人のようにもたついていた。まさか銃撃戦に巻き込まれるとは予想していたはずもなく、恐怖と混乱で手が震えているのかもしれない。

「どけ！」

五郎は抜刀すると、水夫を押しのけて綱を両断した。

「渡し板を外して！　帆も張ってください！　はやく！」

誰かと思ったら、広瀬少年の声だった。

「まかせい！」

鈴木が吠え、威勢よく腕まくりをした。

相撲取りのようにかがみ込んで、渡し板の端を両手で摑《つか》むと、むぅんっ、と気合いを発して重い板を一人で持ち上げた。たいした莫迦力だ。そのまま渾身《こんしん》の力で海へと投げ捨てる。

五郎は頭上に白刃を閃かせた。

「さあ、船を出せ！　たたっ斬《き》るぞ！」

こうなると、水夫たちも腹が据わってきたらしい。数人がかりで綱を引っ張り、死神と競争するように帆を張りはじめた。

見計らったように風が強くなった。

帆布が大きくはらみ、船は滑るように出航した。

†

経芳は、鈍い横顔を潮風になぶらせていた。

船体中央の〈胴の間〉に立っているのだ。

両舷に板壁があり、さらに外側を〈垣立《かきたつ》〉という装飾部品で補強されている。下は荷室で、甲板を外して商品の積み下ろしをする構造になっていた。甲板の上にも大量の荷が載せられるが、今は伝馬船《てんません》が積載されているだけだった。

漆黒に塗りたくられた和船は、陸から吹く力強い風を受けて、かなりの速さで波を切り裂いている。

「……妙な帆だな」

帆柱を見上げ、経芳はつぶやいた。

四角い布地ではなく、三角形の帆に換装されていた。洋船で使われている縦帆で、船体と同じく黒く染められている。前に膨らむのではなく、帆が横に風をはらみながら船を前進させているところが奇妙に映った。

「はい、これで〈切り上がり〉が格段によくなるんですよ」

広瀬少年が、含羞《はにか》みながら教えてくれた。

「風に逆らってすすめるということか」

「そうです。弁才船の帆でもできますけど、でも、この帆なら、ほとんど風にむかって前進することができます」

広瀬家は何隻も廻船《かいせん》を保有する豪商らしく、持ち前の向学心で航行術を修め、航行に不可欠な観測器具などにも精通しているようであった。

西洋の技術習得に熱心なのは政府だけではない。民間の廻船業者もさまざまな試行錯誤を繰り返している段階であった。

伝統的な横帆は、幕府時代にも改良が重ねられていた。順風で最大速力を発揮し、逆風でも左右に風を受け流す航法で推力を確保してきたのだ。

それでも、洋式の縦帆ならば、より鋭い角度で風に逆らうことができる。風待ちの日数を大幅に短縮できる。商人にとって、その利点は大きい。商売敵に遅れをとることは死活問題であった。

〈なるほど。そういうことだったか〉

経芳は納得した。

なぜ竹内老人が、危険な旅に広瀬を連れてきたのか釈然としなかったが、その役割は海に出てからが本領だったのだ。

「今は順風ですから、このまま浪早岬《なみはや》を目印にして、まず紀伊水道へ抜けようと思います。潮岬《しおのみさき》の灯台が見えてきたら、次は室戸《むろと》岬を目指します」

「わかった。それでよか」

海の上では、こちらが素人だ。

広瀬の手腕に任せるしかなかった。

「水夫らは使えそうか？」

「はい、彼らは土佐の廻船乗りのようです。船頭は、あの陸奥という人といっしょにいたらしくて、船には乗っていません。出航時の騒ぎで動揺していましたけど、賃金は補償すると約束したので、なんとか協力してくれそうです」

思想的な背景はなく、金で雇われただけらしい。

叛乱を起こさないという保証があるわけではなかったが、経芳が見たところ、水夫たちは納得している様子だった。

縦帆に慣れている水夫を集めたのか、それとも今夜のために訓練されていたのか、船上を忙しく働いて、大きく風をはらんだ帆を巧みに操っている。

「ならば、よか。おいは屋倉で少し話をしてくる。この場は頼んだ」

「はい！」

少年は、ぴんと背筋を伸ばして敬礼した。姿がよく、様になっている。

「鈴木さんも水夫の監視役として残しておこう」

鈴木は舳先の甲板であぐらをかき、アルビニー小銃を抱え込んでいた。叛乱の気配があれば、いつでも発砲する気迫をみなぎらせている。

経芳も敬礼を返し、船体後部の〈屋倉〉にむかった。

†

経芳は、胴の間の後部から、狭い通路を通って屋倉へ入った。両舷の窓から生ぬるい風が吹き込み、梁《はり》に吊《つ》られた洋灯《ランプ》が揺れている。屋倉は、居住区と作業場を兼ねているようだった。

壁に「一帆千里」と書かれた額が飾られ、仏壇と神棚を備え、棚には水夫の茶碗《ちゃわん》が放《ほう》り込んである。船室の隅には、木製の簞笥《たんす》が無造作に放置され、滑車と綱で連結された〈轆《ろく》轤《ろ》〉という巻き上げ装置もあった。

轆轤は、大きな糸車のような代物で、四人がかりで回転させて綱を巻きとっていく。綱は船内のあちこちに固定された滑車と連結し、帆柱を立ち上げたり、荷物を載せ降ろしするときに使うのだ。

「よう、きたな」

藤田は床板に座り、片頬を吊り上げて微笑《ほほえ》んでいた。船が岸を離れると、あとは自分の仕事ではないとばかりに、とっとと船内へ引きこもっていたのだ。

藤田の他にも、新顔が二人いる。

経芳も、どっかりと腰を落ち着けた。

「あんまり慌ただしかったんで、おれもすっかり忘れてたよ。そういや、紀州で二人と合流するんだった。こちらのご老体は松藏《まつぞう》さんで、小娘のほうはお森《しん》さんだそうだ。村田さん、あんたは忙しそうだったんで、こっちで合言葉は済ませておいた」

藤田の紹介に、経芳はうなずく。

「妙な縁だ」

ぽつりとつぶやいた。

二人の新顔――老人と小娘を見たとき、経芳は驚きを隠せなかった。

弁才船から援護射撃をしてくれた者の正体は、大阪にむかう列車で乗り合わせた者たちであったのだ。

「なんだ。顔見知りかね」

藤田がキナ臭そうに濃密な眉をひそめた。

「はあ、そのようですな」

猟師風の松藏老人は、ひなたの縁側で猫でも抱いているように小銃を膝《ひざ》に乗せて座り込み、機嫌よさげに眼を細めている。船旅に慣れているのか、揺れる船内で巧みに姿勢を保っていた。

お森は浴衣姿のまま、船室の隅で座布団を枕《まくら》に寝転んでいる。

「村田様とは、同じ列車で大阪までまいりました。そのとき、連れのお森が不作法なことをいたしまして、真に申し訳も……なにしろ山育ちなもので、無口で躾《しつけ》も行き届いていませんが、そのあたりは勘弁してくだされ」

「いや……」

頭を下げる老人に、経芳はかぶりをふった。

「あんたの孫娘じゃないのかい？」

そう訊いたのは藤田だった。

「ええ、ええ……なんでも、山伏の娘だとかで、首尾よく九州に上陸できれば、そこからは道案内をしてくれることになっております」

「山伏か。なるほどな。嚮導役《きょうどう》には最適だろう」

藤田は、小娘のことが気になっているようだった。

好色な意図ではなさそうだが、油断なく目配りを怠っていない。この警視隊は女嫌いなのかと疑いたくなるほどの警戒ぶりだった。

さらに藤田は訊いた。

「大阪まできたんだったら、なぜ山中宿で合流しなかった？」

「はい、はい……老骨に長旅は辛《つら》く、大阪から紀伊までは船でまいりましたが……なにか重大な誤解があったようで、陸奥様が荒ぶっておりましてなあ。おみしゃんらは信頼できる人たちだと聞いておりましたので、ひとまず大義のため、なにを優先すべきかと愚考した末……あのような始末に……」

「で、こんな酔狂な役目に誰があんたと小娘を引き込んだんだ？」

「はあ……ええ、ええ……」

松藏は惚《とぼ》けた表情で小首をかしげた。

「答えたくなければいいさ。詮索好きは職業病というやつだ。どこの誰であろうと、後ろから撃ってこなければいい。こちらも助けられたことだしな」

「はあ……」

松藏は、ぺこりと頭を下げ、すいと経芳に眼をむけた。

「そういえば……村田様は、たいそうな鉄砲の名手ですとか。戦地で負傷をされたと新聞で読みましたが、もう恢復《かいふく》されたようですなあ」

「ああ、見事な腕前さ」

藤田が保証した。

「撃剣屋のおれにはわからんが、ほとんど狙いをつけてるようには見えなかった。それでいて確実に仕留めている。ただし、戦場に出るのは無理だな」

老人の眼光が鋭くなった。

「はあ……そういえば、肩の動きが、ややぎこちないような……」

「まだ破片が残っとる」

経芳は隠すことなく答えた。

「そうですか、そうですか」

老人は何度もうなずく。

そういえば、と話題を変えてきた。

「藤田警部補も戦地で負傷されたと新聞にのっていましたな」

「よく調べてるな」

藤田は苦笑した。

「ところが、こっちは嘘の皮さ。小隊の半隊長ごときでは、物見遊山で気軽に戦列を離脱できないんでな」

「それはそれは」

老いた目尻に皮肉が滲《にじ》む。

「では、白兵戦では頼もしいかぎりですな。さすが新撰組の副長助勤――」

「いやいや、待て待て」

藤田があわてて制止した。

陸奥の甲高い大声は、老人の遠い耳にさえ達していたようだ。このぶんでは、奈良の鹿でさえ聞いていたかもしれない。

「過去の汚点とは思っていないがね。ひとまず勘弁してもらいたいな。おかげで仕事がやりにくくなるのは困る。さっきだって、おれの正体が露見しなければ、陸奥も少しは冷静に対応していたはずだ」

「斎藤一が真の名か？」

経芳が問うと、藤田は苦い顔をした。

「捨てた名だ。今まで何度も名は変えている」

素性を知ったとき、経芳も驚いていた。

治安維持の名を借りて、幕末の王城において凶刀をふるった新撰組だ。捕縛され、拷問され、惨殺された攘夷志士は数多い。

嫌われ、憎まれ、怖れられていた。それだけに、末路は哀れを極める。局長の近藤勇は捕われて処刑され、参謀役の土方歳三《としぞう》は箱館《はこだて》に散った。幹部級であれば、見つかりしだいに報復で殺されていただろう。

〈だが、よりによって……〉

警視庁は、薩摩閥の総本山なのだ。

とはいえ、元新撰組でも生きていかねばならない。剣の腕に覚えがあれば、それを活用したいと考えて当然だ。警視庁にしても、西郷の下野に従って大量の離脱者があった。互いの利害が一致したということだろう。

経芳はさらに訊いた。

「新撰組として、陸奥と面識があったのか」

まあな、と藤田が憮然《ぶぜん》と答える。

「坂本龍馬が暗殺された直後のことだ。どこかのおっちょこちょいが、紀州藩の三浦休太郎《みうらきゆうたろう》が犯人だと陸奥に吹き込んだのさ」

「それを信じたと？」

「信じたさ」

明瞭《めいりよう》に思い出したのか、ますます憮然となる。

「紀州藩と坂本は、沈没船の損害賠償で揉《も》めたことがあるからな。その意趣返しだと勘ぐったんだろう。陸奥の襲撃計画は紀州藩にも漏れて、新撰組は三浦の警護を依頼された。おれも天満屋という旅籠《はたご》に立て籠《こ》もったさ。陸奥の手際は見事だった。十数名で奇襲をしかけ、紀州藩や新撰組の応援隊が到着する前にさっさと引き上げやがった。宴会中を狙われて、被害はこっちのほうが多かった。もっとも、三浦の野郎は無事だったがね」

納得した沈黙が、しばらく流れた。

それにしても、と経芳はつぶやく。

「陸奥が言った勅書とは、なんのことか……」

藤田の言ではないが、見たことも聞いたこともない勅書が絡んでいなければ、陸奥も少しは冷静に対応していたはずなのだ。

「ほう、勅書？」

松藏老人が愛嬌《あいきょう》のある仕草で口元をすぼめた。

けっ、と藤田は吐き捨てる。

「誰かが戯言《たわごと》を吹き込んだんだろうよ。西郷一匹を助けるために、わざわざ帝が勅を出すかよ。密勅なんてのは、実権のない連中が大義名分を得るための姑息《こそく》な手段だ。実力があれば、堂々と戦場で雌雄を決すればいいだけさ」

「だが、陸奥は信じた」

経芳は繰り返した。

それほど思慮の浅い男とは思えなかったが――。

疑問に答えたのは、松藏老人だった。

「まあ、まあ、あまり難しいことは年寄りにはわかりませんが……若くて、頭のいい者は、自分の猜疑《さいぎ》心《しん》にふりまわされるものですな。人を踊らせても自分は踊らされていないと信じているのでしょう」

「しかし……誰が吹き込んだ？」

「わからんさ。さっき問いただしておけばよかったな」

藤田には、あまり興味がないようだった。

「わからんといえば、あいつら土佐の士族だったな。言葉もそうだが、いまどき莫迦みたいに長い刀を差している奴がいた。あんなのは土佐人しかいない」

「ああ、この船の水夫も土佐人だ」

「だがなあ……土佐といえば、板垣退助の立志社だ。民権屋だろう。西郷軍と連携しても不思議じゃない。ならば、こっちに協力してもいいはずじゃないか？」

「最初は協力するつもりだったのだろう」

「ま、そういうことだな」

　ということは、と藤田はつづけた。

「また話が戻るわけだ。ただでさえ面倒な状況だってのに、裏でかき回してるろくでなしがいやがる。そいつが竹内の爺さんを殺したのかもしれんな」

「はあ……道中でそんなことが」

　松藏が目元を伏せた。

「ああ、まだあんたには話してなかったか。鶴岡からきた三名のうち、竹内儀右衛門という爺さんが山中宿で暗殺された。残りの二人が、鈴木佐十郎と広瀬孫四郎。太ったほうが鈴木で、紅顔の美少年が広瀬だ」

「ほう、ほう……」

「ともあれ、これで全員がそろったわけだ」

　藤田は鬼の顔で笑った。

「この先も物騒なことがあるかもしれんが、斬り込みならおれに任せてくれ。鈴木だって、あの図体だ。弾よけくらいにはなる。村田さんの鉄砲はたいしたもんだし……松藏さん、あんたの腕も頼りになりそうだな」

「いえいえ、この老いた身では……」

老人は身を縮めて謙遜《けんそん》した。

「そうかね。荒っぽいことには慣れているようだが」

藤田の視線は、老人が膝に乗せている小銃にむけられている。

経芳も、さっきから気になっていた。

アメリカ製のウィンチェスター銃だ。

特徴的な銃把は、スペンサー銃のものと似ている。機関部の両側面が平らで、銃床が手を添える前部と肩に押しつける後部に分かれているところも同じであった。

銃身が縦に二本並んでいるように見えるが、下の金属管は発条《ばね》が仕込まれた弾倉だ。装塡口は機関部右側にあり、弾薬を銃身下の管に蓄えていくことで、脅威の十六連発を可能たらしめていた。

撃鉄を指で起こす必要もなく、把手を前後に動かすだけで撃鉄が起こされる仕掛けになっている。多くの部分で、スペンサー銃より格段に進歩していた。

「あんたは、あの距離で小さな提灯に命中させた。しかも、ガトリング砲まで達者に使える。ただのご隠居じゃあるまいさ。農民でも小銃くらいは撃てるが、ガトリング砲は夜店の玩具《おもちゃ》じゃないからな」

藤田は斬り込むように追及した。

「はあ……まあ……」

松藏老人は、遠い目で屋倉の天井を見上げた。

「あれですな……わしは、長岡で戦をしましたからなぁ」

「北越戦争か」

経芳は、思わず確認していた。

「ええ、河井様の従僕をしておりました」

懐かしげに、松藏は何度もうなずいた。


〈河井継之助――〉

旧長岡藩の家老上席にして、軍事総督を任ぜられて精強な長岡兵二千を率い、強大な新政府軍を相手に奮戦した猛者であった。

賊軍の将とはいえ、

『長岡藩に蒼龍《そうりゆう》在り』

と讃《たた》えられた英傑である。

長岡藩を治める牧野家は、徳川十七将に数えられた牧野忠成《ただなり》を初代藩主とする名門の譜代大名ではあったが、たかが七万四千石の小藩にすぎなかった。

継之助は、備中松山藩の藩政改革を見事に成功させた山田《やまだ》方谷《ほうこく》と異能の兵学者・佐久間《さくま》象山《しようざん》に師事し、経世と軍略において一世に重きを成し、禄高《ろくだか》百二十石の小身ながら、郡奉行に抜擢《ばつてき》されるや窒息に喘《あえ》ぐ藩財政をわずか数年で建て直して、民の奢侈《しやし》を抑制してまで軍制改革を強行したのだ。

しかし、継之助には、新政府軍に刃向かう意図はなかった。かといって、旧幕府軍の奥羽越列藩同盟に加盟するわけでもなく、蓄えた兵力を頼りに武装中立を策したのだ。

やがて、鳥羽・伏見の戦で幕府軍が敗走し、北越に進軍してきた新政府軍との交渉が決裂したことで、やむなく奥羽越列藩同盟との共闘に踏み切ることになったが、河井継之助の本領はまさしくそこで発揮されたといってよかった。

長岡軍二千と列藩同盟軍は、二手に分かれて進発し、榎峠《えのき》の険を占領していた新政府軍を襲って信濃川の対岸へと追い払った。

電光石火の一撃に驚愕した新政府軍も、すぐさま態勢を立て直して榎峠の再占領を試みたが、朝日山などの要衝を制圧されてしまったことで、ことごとく撃退の憂き目に遭っていた。

小銃の声は昼夜を問わず絶え間なく響き、雨期で増水した信濃川を挟んで両陣営は大砲を撃ち合った。新政府軍は、砲一門につき一日百五十発も撃ったというが、それでも捗々《はかばか》しい戦果は上がらなかった。

当時〈狂介〉と名乗っていた山県有朋は、北陸道鎮撫総督参謀として戦況の膠着《こうちゃく》を見過ごせず、川沿いに軍をすすめて信濃川を強行渡河し、長岡城を衝くという作戦を立て、これを実行した。

雨期の増水をあてにして、少数の守備兵しか置いていなかった長岡城は、新政府軍の攻勢を受けてたまらず落城した。

継之助と長岡軍は、朝日山と榎峠の要所を放棄して撤退したが、その後も機動性の高い小隊が柔軟に連携をとる近代的戦術を駆使し、七万四千石の小藩でありながら、列藩同盟軍と連携して戦力で勝る新政府軍を動揺させつづけ、数ヶ月にもわたって足止めをした。

その戦術眼は今でも語りぐさになっているほどであった。

長岡北方で起きた今町の戦いでは、本街道から進軍させた囮《おとり》部隊で新政府軍の主力を誘い出し、迂回《うかい》行動をとった河井継之助率いる別動隊が虚を衝いて総崩れにさせていた。

さらに、八町沖の沼地を渡って奇襲作戦を敢行し、一度は失った長岡城の奪還も果たし、兵の士気を大いに鼓舞していた。

そのとき、山県狂介は見苦しいほどに周章狼狽《しゅうしょうろうばい》し、大量の物資を置き捨てて逃げ落ちるという屈辱を味わったという。

だが、長岡城の奪還を果たした直後、継之助は銃弾による負傷を受け、戦線離脱を余儀なくされて会津領まで逃げ落ちることになった。

名医松本良順《まつもとりょうじゅん》の治療も空しく、継之助は銃創の悪化によって命を落とす。

その後、会津城を陥落させた新政府軍は、城下の仮墓を暴いたが、そこに河井継之助の遺骨がなかったため、旧幕府軍最大の英傑が生き延びているのではないかと疑って恐慌を呈したというが……。

「河井様の遺骨は、わしが、べつのところに埋葬しておりまして……薩長どもに墓が暴かれるのは、どうしても我慢なりませんで……ええ、戦が終わってから、会津のとある松の木の下から掘り起こして、長岡の河井家へ送り届けましたが……」

松藏は、枯れた声音で、淡々と語っていた。

経芳は、時代の変転を皮肉に思った。

〈庄内、会津……〉

そして、長岡だ。

幕府の消滅後、新政府軍にもっとも激しく抵抗した三藩だ。それぞれに縁の深い者たちが、こうして膝を突き合わせている。

しかも、かつての仇《かたき》である大西郷を助ける側にまわっているのだ。

「それで……はあ、御一新で郷里にいづらくなりましてな。戦の常とはいえ、長岡の町を焼き尽くした上に負けたのですから、恨む者も多くございます。それで、いっそ日本を出てしまおうと……外国の商人を頼って、アメリカへ渡って細々と生きておりましたが……この歳になって、郷里への恋しさも募り……」

新政府軍に投降し、賊軍の辱めに絶望した会津人がアメリカへ移住したという話は、経芳も聞いたことがある。郷里を捨て、見知らぬ異国で生きるということは、想像を絶するほどの辛苦であったはずだ。

抱えているウィンチェスターもアメリカで購入したのだろう。

「なるほどね」

藤田も、老人の素性に納得したようだった。

「おはんらについては、これで承った」

経芳は立ち上がった。

「おいは、これからの針路について、広瀬君と話しあってくる。この船には船頭がおらん。広瀬君に船頭役を任ずることに異論は？」

「ない。海は管轄外だ」

「はい、はい……すべてお任せいたします」

「ならば、よか」

お森は、いつのまにか両膝を抱えて座っていた。藤田には興味がないようで、よく光る大きな眼を経芳にむけている。

〈おいは、あの眼を知っている〉

そんな気がしてならなかった。

屋倉を出るまで、お森の視線が背中に刺さっていた。

漆黒の和船は、浪早岬の先をかすめて和歌浦湾を脱していた。

外洋へとつづく紀伊水道——。

海の旅は、これからが本番であった。

五章　裏切り航路

「暗いうちに室戸岬を抜けたい。できるか？」

経芳が訊《き》いた。

「え、ええ……いけると思います」

広瀬は真剣な顔でうなずき、右舷《うげん》から船の後方を指差した。

「あの点滅している光が、友ケ島の灯台です」

経芳の眼《め》にも、それは見えた。

「諸外国との条約に従って建設された最新式の灯台だな」

友ケ島灯台は、紀淡海峡上の群島に建てられている。

今夜のように雲が厚く、天測できない暗闇《くらやみ》での航行は、十五秒ごとに二回の点滅を繰り返す光が頼もしかった。

「そうです。このまま友ケ島の灯台を背にして、紀伊水道を抜けていくつもりです。今なら瀬戸内海からの潮流を利用できますし、紀州の陸から吹く風を捕まえていけば、かなり距離を稼げるでしょう」

「ん……」

経芳は、折り畳み式の提灯《ちょうちん》にウォルサムを近づけた。懐中時計の針が夜の八時半近くを指し示している。

夜明けまで、八時間以上はあった。

「紀伊半島最南端の潮岬灯台が見えてきたら、今度は進路を四国にむけて、陸沿いに航行しながら、室戸岬を目指します。そのころには、また風と潮の流れが変わり、友ケ島灯台も見えなくなるかもしれませんが、とくに問題はありません。水夫の方々は、このあたりの海域をよく知っていますから」

「わかった」

外洋側をまわる経路は、最初から決まっていたらしい。

経芳などは、小さな島々が複雑に入り組んだ瀬戸内海のほうが発見されにくいのではないかと思ったが、夜通しの航行はさすがに無謀なのだろう。

瀬戸内海と九州のまわりには、政府の軍艦や輸送船がひしめいているはずだ。外洋に出たほうが発見される危険が少ないのかもしれない。

それでも、明るくなる前に室戸岬を抜けておかなければ、黒塗りの和船などは、かえって怪しく目立つことになるはずだった。

つまり、今夜が山場である。

「海上の経路については、船頭の君に任せる」

船頭と呼ばれて、少年は誇らしげに眼を輝かせた。

「はい、承りました。ただ気になっているのは……」

形のいい眉《まゆ》を懸念で曇らせる。

「室戸岬を通過すると、西からの風が強くなるようなので、上手《うま》く縮帆しないといけません。古参の水夫が言うには――」

「嵐《あらし》になりそうか？」

「おそらくは……。でも、今夜はもつかもしれません」

広瀬の表情は引き締まっている。

荒れた海の怖さをよく知っているのだ。

瀬戸内海の出口であり、外洋との境目である紀伊水道も、一日の時間帯によって海流が変化するため、通常でも航行が難しいらしい。

和船は〈航《かわら》〉と呼ばれる厚板を船底材として、太い梁《はり》で外板を支えている。洋式帆船に比べれば喫水が浅く、外洋航行にはむいていない。良風に恵まれれば波の上を滑るように疾走するが、その一方で波風の動揺を受けやすかった。

今も波がうねり、跳ね上がった海水が顔を濡《ぬ》らす。

突風が船体を傾かせた。

経芳は反射的に足をふんばったが、少年はよろけることなく平然と立っている。

経芳の口元がほころこんだ。

「水夫もそうだが、君もたいしたものだ」

さきほどから、広瀬は細やかな指示を出し、水夫たちは反抗の気を見せることなく黙々と働いていた。

この少年には、鈴木の威嚇顔と小銃によって、しかたなく従っている様子ではなかった。荒くれ者が多い水夫を従わせる天性の資質があるのかもしれない。

「あ……ありがとうございます」

褒められて、広瀬の頰《ほお》が紅潮した。

「当面、航路はこのままだな」

「ええ」

「ならば、今のうちに屋倉で休んでおけ。ここは、おいが見張っておく」

「……村田様と、ここにいては駄目でしょうか？」

無意識の媚《こ》びなのか、少年はどこか甘えた声を出した。

「駄目だ。休めるときに休むのも仕事のうちだ。闇夜の監視は、昼より疲労すること数段だ。いざというときに倒れられても困る」

「はい……」

広瀬少年は、どこか気落ちしたように屋倉へむかった。

鈴木にも同じ指示を出そうとしたが、小銃を抱えた肥満漢はすでに舳先《へさき》から降りていた。

経芳に一瞥《いちべつ》も寄越さず、さも当然の権利であるかのように、少年のあとを傲然《ごうぜん》とした態度でついていった。

伝馬船《てんません》の縁に腰かけ、経芳は暗い海原を眺めた。

雲は厚く、月は覗《のぞ》かず。

四ヶ月前には田原坂で戦っていた。

そして、ふたたび九州へ舞い戻ろうとしている。

〈今度は、西郷さんを救うために……〉

あるいは、山県卿の思惑通りに――。

「南洲殿は天を相手にしとるのじゃ！　人など相手にしとらん！　わしは南洲殿に恩返しをするだけじゃ！　それが義というものだ！」

鈴木の怒号が轟《とどろ》いた。

それに応《こた》えてか、人を小莫迦《こばか》にした藤田の笑い声が聞こえた。

しばらくして、藤田が姿をあらわした。

「どうした？」

経芳は、男らしく濃い眉をひそめる。

海上とはいえ、あれほどの莫迦声であれば、偶然に近くを通りかかった漁船にまで聞こえてしまうかもしれない。その可能性がいくら低くても、とうてい歓迎できる気分にはなれなかった。

「なあに、ちょっと元新徴組の意見を聞きたかっただけさ」

　元新撰組は、しゃらりと答えた。

「西郷は、いったいなにを考えてるんだってな。そうだろ？　薩摩だけで官軍に勝てるはずもない。最初からわかっていたはずだ。本気で勝機を摑《つか》むのなら、他国の士族反乱に乗じることができたのにな」

「わざと挑発したな」

「いかんかね？」

　にたり、と藤田は笑う。

「おい、笑えるじゃないか。もしかしたら、本気で西郷を助けようとしているのは、竹内の爺《じい》さんと子供だけなんじゃないのか？　ええ？　おれは会津人だから、正直なところ、どちらでもかまわんさ。あんたはあんたで賊軍にとっては裏切り者だ。松藏とかいう爺さんとあの小娘も曲者《くせもの》の匂《にお》いがするぜ」

　経芳は答えなかった。

　ようやく六名の同志がそろったところだが、志が同じというには程遠いこともわかっていたからだ。

　とくに、藤田が元新撰組だと知ってから、鈴木の態度はおかしかった。

　無駄に饒舌《じょうぜつ》な男が、気味が悪いほど口を閉ざしている。肚《はら》の底に不発弾でも抱え込んでいるような仏頂面で、ときどき藤田を後ろから撃ちかねない剣呑《けんのん》な目付きを見せることもあった。

〈新徴組と新撰組は、同じ浪士隊を母体とする兄弟のようなものだろうに……〉

経芳には、それが奇妙に思えた。

藤田は言葉をつづけた。

「どうやら、あの鈴木先生には、裏の顔があるようだな」

「長州人だ」

経芳が指摘すると、藤田は虚を衝かれた顔をした。

「へえ、根拠は?」

「破軍星旗」

「なるほどな」

人斬《ひとき》りの鬼が破顔した。

「そうだよな。あんたも察したように、あいつは戊辰の戦で闘っていない。少なくとも、庄内藩ではな。新徴組にいたことは本当だろうがね」

経芳も同意見だった。

鈴木は、道中で「竹内様と破軍星旗の袖章《しゅうしょう》をつけて」戦ったと語っていた。稚拙な嘘《うそ》である。

庄内藩で〈破軍星旗〉といえば、二番大隊旗のことだ。味方を識別する袖章ではない。庄内藩の袖章は朱の丸であった。

「おれは新撰組の隊士を募集するために江戸へいったことがある。そのとき、洋式調練を受けてる新徴組を見かけたよ。もちろん、奴らは〈破軍星旗〉の袖章なんかつけてなかったさ」

当然だ。

そもそも、庄内藩の軍編成は四大隊だ。

一番大隊と二番大隊は士族の精鋭部隊。

三番大隊と四番大隊は、農兵や新徴組の混成部隊なのだ。

いくら身分の垣根が崩れ、動乱も末期に差しかかっていたとはいえ、最後の最後まで徳川家による幕藩体制を支持しつづけた庄内藩で、旗本と浪士上がりが同じ隊に属していたはずがなかった。

「他にも根拠はある」

経芳が、ぼそりと説明した。

「鈴木さんは、エンフィールド小銃しか使ったことがないといった。しかし、孝子峠ではスプリングフィールド後装銃の遊底を、スナイドルと同じように横へ開こうとした」

「ふん？　それで？」

「どこかでスナイドルを使ったことがあるにちがいなか。そして、庄内藩には、たしかスナイドルは入っておらんはずだ」

「だから、長州か？　薩摩かもしれんがね」

「薩摩兵は立ち撃ちを得意とするが、長州兵は伏せ撃ちだ。鈴木さんは、なかなか見事な伏せ撃ちを見せてくれた」

上級下級の差はあれど、薩摩兵はすべて士族である。

長州では、〈禁門の変〉や内紛などで有力士族が討ち死にし、戊辰戦争で主力として戦ったのは農民を集めた奇兵隊であった。

士族は勇敢に接近しながらの立ち撃ちを好み、農兵は安全な遠距離からの狙撃《そげき》にむいた伏せ撃ちを多用した。

だから、鈴木は農民の出だ、と経芳は推測していた。

「鉄砲屋らしい推察だ。参考になる」

藤田は感心したようだった。

「では、こちらも面白いことを教えてやろう。最初から、奴は密偵として新徴組に送り込まれたんだ。新徴組が江戸を出るときに脱退して、庄内藩の内部情報を長州に持ち帰っている」

当時は会津様にしたって、あちこちに密偵を送り込んでいたからお互い様だがね、と藤田はうそぶいた。

「とにかく、鈴木の旦那《だんな》は維新後に何食わぬ顔で庄内藩に舞い戻っている。どんな神経をしてるのか……まあ、並の面の皮じゃないことはたしかだな」

いや、それよりも——。

〈なぜ自分にそんなことを話す？〉

経芳には、それが不審であった。

藤田は、同志の連帯を揺るがす危険を冒してまで鈴木を挑発し、もう一方では馴《な》れあうようにして経芳と内緒話に興じているのだ。

〈おいの肚《はら》を探っとる。そういうことか。つまり、こいつも警視庁の密偵だ。おいと打ち解けるふりをして、本心を探っとる〉

面倒なことだった。

鈴木が今も長州の密偵であるとすれば、誰の命を受けているのか――それは考えるまでもないことだった。

山県卿しかいない。

ならば、経芳の立場はどうなるのか？

〈竹内老人を殺した下手人も、我らの隠密行動を漏らした裏切り者も、もしかしたら、この船に潜んでおるのか……〉

嫌な疑惑だけが心中に渦を巻く。

経芳は物思いに沈んでいたが、藤田の声で我に返った。

「爺さん、どうした？」

松藏老人が、外に出てきたらしい。

「いえ、どうにもこう……鈴木様が荒れているので……」

「はは、すまん。おれのせいだ」

「はあ……」

松藏老人は、ぺこりと頭を下げて引き返していく。

「藤田さん」

「なにかね？」

「ここは、おい一人でよか。屋倉に戻ってもらいたい」

「邪魔かね？　話し相手でもほしいかと思ったんだが」

「見張りは三組での交替制にする。まずは、鈴木さんと広瀬君――」

「だったら、おれはあんたと組でいいだろう？」

「藤田さんには、松藏さんと組んでもらいたい」

お森に見張り役が務まるとは、なんとなく思えなかったからだ。

「つれない相棒だな」

なにが相棒か……。

経芳は顔をしかめた。

「――まあいいさ」

藤田は、口元に不敵な笑みを貼《は》り付けて、船内へ戻っていった。

†

〈よくひっくり返らねえもんだ……〉

五郎は、正直なところ気が気ではなかった。

眼の前で、帆布がはち切れそうなほど風をはらんでいる。転覆の恐怖を覚えるくらい船体が左へと傾《かし》ぎ、斜めに波を切り裂いて前進しているのだ。

海軍の兵ならともかく、陸戦専一の五郎などは、前部甲板にしがみついているしか耐える術《すべ》はない。うかつに立ち上がれば、まわりの暗さも手伝って、海中に転がり落ちかねなかった。

和歌浦湾を出てから、三時間くらいが経《た》っていた。

船足は思ったよりも速い。

進路を変えて、今は西へ舳先をむけているようだった。右手にぼんやりとした光が見える。近代的な灯台ではなく、昔ながらの高灯籠だ。おそらく、あれが四国最東端の蒲生田《かもだ》岬なのだろう。

あいかわらず潮の流れは外洋へむかっているものの、風は四国の陸地から吹いている。向かい風に近かった。

おかげで、この有り様である。

「爺さん……そりゃ、珍しい鉄砲なのかい?」

少しでも気を紛らわすため、隣の松藏老人に話しかけてみた。

五郎と同じく甲板に横たわってはいるが、それほど船揺れを苦にしていないのか、飄然《ひょうぜん》とした顔で微笑《ほほえ》んでいる。

「はい、はい……このウィンチェスターを造った工廠《こうしょう》は、もともと米国の呉服屋さんでしてな。製造工場を買収して、武器を造るようになったようですよ。スペンサー銃は単発ですが、こちらは十六連発。弾は十一ミリ。照準は九百ヤード……およそ八百メートル程度ですかな」

「ほう、すごいもんだな」

戦場での威力を想像して、五郎は生唾《なまつば》を飲み込んだ。

「村田さんの鉄砲と比べると、どうなんだ？」

「あれは……たしかによくできておりますな。グラース銃などの模倣ではありますが、独自の工夫も見られます。しかしながら、海外の優秀な鉄砲を買ったほうが、なにかと手っとり早いのではないかと」

「だが、それじゃ外国に侮られるんじゃないのか？」

反論してから、これは村田の主張だと思い出した。

屋倉で村田と松藏がいっしょにいるときは、いったいなにが面白いのか、二人で厭《あ》きることなく鉄砲談義に花を咲かせているのだ。

『自国で製造する技術がなければ、外国商人の言い値で買うしかなか。しかも、時代遅れの二級品をだ。技術があればこそ、外国も最新の機械を適価で売ってくれる。こちらに技術があれば、逆に安く買いたたくことも――』

無愛想な薩摩人が、初めて友達を見つけた子供のように熱く語っていた。

五郎は呆《あき》れ果てるしかない。

武人の心得として、眠れるときには眠っておくべきだ。眼を閉じて、横たわっているだけでも、身体《からだ》の負担は軽減されるのだ。

〈それなのに、この鉄砲好きたちは……〉

とはいえ、五郎にも興味がない話題ではなかった。

村田は鉄砲の専門家だが、老人の知識もアメリカ仕込みで並々ならぬ。

たとえば――。

アメリカの鉄砲鍛冶《かじ》は職人に頼らないという。

天才的な設計者がいて、効率的に設計された工場があればいい。職人技が必要ないほどに極端な分業体制が確立されているのだ。

同じ部品を削り出す。同じ箇所にやすりをかける。同じところに穴を穿《うが》ちつづける。一つ一つは簡単な作業だ。子供でもできる。延々と同じことを繰り返していけば、特別な修練を積まなくても自然に熟練工が育っていく仕組みだった。

その結果、驚くほど精度が高く、かぎりなく同一に近い部品が量産される。

だから？　それでどうなる？

戦場に、二挺《ちょう》の小銃があるとする。それぞれ異なる部品が壊れていたとする。片方から使える部品を外して交換すれば、一挺は撃てるようになる。

戊辰の戦では、これができなかった。同型の小銃であっても、一つ一つの形が微妙に異なり、職人が現物にあわせて調整しなくてはならなかったからだ。

今でも状況は変わっていない。

日本だけではなく、どこの国でも職人は保守的なものだ。伝統的な手法にこだわるあまり、技術革新の過程において、しばしば流血沙汰《ざた》を招く。

技術畑には、宗教と同じく、狂信者を生み出す土壌がある。

死活問題であり、存在意義がかかっているせいだ。

だからこそ、職人の絶対的な数が足りなかった新興国アメリカでは、かえって先進的な量産体制が可能になったのだ――と。

それが老人の持論であった。

「それも一理ございますが……日本では高価な最新小銃でも、かの国では、ただの平凡な日用品にすぎないのですよ。文明国とはいえ、ひろいひろい国です。治安が行き届かず、野蛮な者は多く、猛獣に備える必要もあります。これがなければ一日たりとも生きていけませんな」

「話に聞く欧州の国々とも、また様子がちがうってことか？」

「はあ、ちがいましょうな」

「海を渡っても、楽園はないってことだな」

「はあ、どこにもございませんでしょうな」

文明国でありながら、野蛮な荒野のごとき国で、老人は生き抜いてきたらしい。

五郎は苦々しげに顔をしかめた。

「……日本に残った会津人だって、楽じゃなかったがね」

叛徒《はんと》の会津人が追いやられた北方の斗南は、地元の農夫でさえ開墾を投げ出す不毛の地であった。

武士に、野良仕事などできるはずもなく、たちまち困窮し、餓《う》えと寒さに震えながら、木の根でも齧《かじ》ってしのぐ他なかった。誇り高い会津の女も身を売らなければ生きていけず、それでも餓死者が相次いだ。

生き地獄だ。

恨み重なる明治政府より、わずかな救助米金を恵んでもらうことで、かろうじて餓えを凌《しの》ぐ惨めな境遇であった。

「爺さん、いつ日本に戻ってきたんだ?」

「さあ……三年ほど前になりますか……」

西郷が鹿児島に逼塞《ひっそく》した翌年だった。

「そうかい……」

五郎の声は、かすかに湿っていた。

珍しく感傷的な気分になっている。

「そういや、ちょっと思い出したんだが、天満屋の斬りあいじゃ、岩村精一郎《いわむらせいいちろう》って土佐人もいたらしい」

「はあ……」

「今じゃ高俊《たかとし》と名を変えて、愛媛の県令様におさまってるらしいがね。たしか、北越で河井継之助の中立談判を一蹴《いっしゅう》しやがったのが、軍監の岩村だったはずだ。天満屋で岩村を斬っておければ、長岡藩の運命もちがうものになっていたのかもな。爺さんだって、異国で苦労せずに済んだはずだが……」

「はあ……それは……」

気のせいか、松藏老人の声は震えていた。

「ひとつ、うかがってもよろしいかな？」

「ああ、いいとも」

「おみしゃん、なぜ会津に残ったので？」

「ああ……」

暗い夜空を見上げ、五郎の顔から表情が消える。

「なぜだろうな。新撰組はもういいと思ったんだ。逃げて、逃げて、逃げて……もう疲れた。果てるなら、会津でいい。負け戦はうんざりだ」

死ぬ気だったわけではない。

我ながら、悲壮感に酔うほど可愛《かわい》げのある男ではなかった。

「おれは会津人だ。生まれは江戸で、幕臣の息子だが……今では、会津がおれの故郷だ。そう思っているさ」

十九のころ――。

江戸で初めて人を斬り、京へ出奔した。斬った理由は、もう忘れた。しばらくして、五郎も江戸で出入りしていた試衛館の連中が京にやってきた。近藤勇や土方歳三ら、後の新撰組で中核となる猛者たちであった。

五郎は、〈斎藤一〉として新撰組に加入した。副長助勤として三番隊を指揮し、局長の近藤からも篤《あつ》い信頼を受けていた。

江戸で加盟した参謀・伊東甲子太郎《いとうかしたろう》の謀策によって、新撰組が分裂したときには、伊東甲子太郎が同志を引き連れて結成した御陵衛士《ごりようえじ》に密偵として潜入し、近藤を助けるために情報を流しつづけた。

じつは、それ以前から彼は会津藩の密偵になっており、新撰組の存在が会津の不名誉とならないよう、秘《ひそ》かにお目付け役を仰せつかっていたが……。

「では……なぜ警視庁に？」

「おれはね、新撰組の密偵だったたし、会津の密偵でもあった。そして、今も密偵だ。どうやら、そういう生き方しかできないようでな。結局のところ、こうしてあんたたちと旅をしているわけだ」

その答えに満足したのか、していないのか――。

どちらでもよかったのだろう。

「ええ、ええ……我ら、旅のご同胞ですな」

「ふん、ご同胞か。いいね」

五郎は酷薄に笑った。

「じゃあ、あれだな。お互い薩摩に禍根を持つ身ってことで、西郷をいっしょにぶち殺すのはどうだい?」

老人はからからと笑う。

「冗談が好きな御仁ですな」

「ああ、冗談さ。いまさら徳を積むより、諧謔《かいぎゃく》でも重ねたほうがまだしもだ。しかし、いい名分さえあれば、西郷を殺すのも悪くないさ」

長岡の人間が、なぜ西郷を助ける?

五郎は確信していた。

この老人は、西郷を暗殺するため、この船に乗っているのだ。

〈もう一つ、わからないのは……あの小娘の役割だな〉

お森は、やることがないので、勝手気ままに船内をうろつきまわっている。放し飼いの山猫のようだ。今は屋倉の上に陣取り、なにが気に入らないのか、親の仇《かたき》でもみるように海原を睨《にら》みつけていた。

水夫たちは、そんなお森を本能的に避けているようだった。迷信深い船乗りは、女を船に乗せると海が荒れると信じている。そのせいか、触れてはいけない禁忌のように、視線すら慎重に外していた。

「お森が気になりますかな？」

松藏老人が、笑いを含んだ声で訊いてきた。

「はっ、まさか……」

「なんでしたら、いっそ手籠《てご》めにしてみては？」

五郎は眼を剝《む》いた。

とんでもないことを勧める爺さんだ。

「まあ、そうしたところで、お森はこだわりなく受け入れるでしょうな。素直に悦《よろこ》びの声をあげることでしょう」

枯れた口元からあふれる生々しい言葉に、なぜか五郎は怯《ひる》んだ。

「あの娘は、どうやら、そういうモノなのです。貞操など里の者の決まりごとでしかありませぬ。山には山の掟《おきて》がある。日の本に幕府なんてものができる遥《はる》か昔から、連綿として生きてきたモノの末裔《まつえい》……なのかもしれません」

やはり、山猫なのか……。

くだらない連想だ。

「よくわからねえが、山伏の娘ってのも眉唾ってことだな」

「はあ、山伏から預けられたのは偽りなきところですが……」

松藏老人にも、よくわからないのだろう。

五郎は、それ以上、追及をする気力を失った。

気分が悪く、思考に集中できない。

これほど海上の船が忌々しいものだと思ったことはなかった。

ぐぐぐ、と船底がうねる波に持ち上げられ、そのたびに肝が凍える落下の感覚を味わわせてくれる。風は船を左右に揺すりたて、五郎の内臓もうねっていた。胃が雑巾のように何度も絞られる。

どうにでもなれ、と五郎はやけっぱちになった。

不吉な湿気を含んだ風が、ますます強くなってきた。

†

すでに夜半を過ぎていた。

経芳は、〈合羽《かっぱ》〉と呼ばれる前部甲板にいた。前に傾斜して、かぶった海水が荷室に入らない角度で張り付けられている。胴の間に荷を積むときは、ここに伝馬船を載せることになっているらしい。

広瀬が待ちかねたように屋倉から出てきた。その後ろには、むさ苦しい忠犬のような鈴木を伴っている。

「村田様、交替の時間です」

休息中にも、少年は海図と睨めっこをしていたようだ。眼を熱っぽく輝かせ、経芳に今後の航路について話しかけてきた。

「潮の流れに逆らうので、少し船足が遅くなりますけど、このぶんだと夜明けまでには室戸岬を抜けられますね」

「しかし、陸に寄せすぎでは？」

「いいえ、これでいいんです。離れすぎると、逆風をまともに受けることになります。しかも、今は陸からの風を使うことができるので――」

広瀬の答えによどみはなかった。その顔は凛々《りり》しく引き締まり、船頭として自信と余裕さえ持ちはじめているようだった。

実際、かえって不安を覚えるほど、なにもかもが順調であった。

ここに至るまで、何隻か漁船らしき小中の船を発見し、政府の輸送船と思われる船影も見かけていた。が、こちらは黒染めの帆と船体で闇と同化し、気づかれた気配はまったくなかった。

「わかった。おいは休ませてもらおう」

「はい」

広瀬は、舳先の見張りを鈴木に任せ、舵取り《かじと》りがいる船尾にむかいかけたが、ふと不安げな顔になってあたりを見まわした。

「あの……お森さんは？」

「どこかにおるはずだ」

「はあ……」

逃げるようにして、広瀬は船尾へとむかった。船内では役立たずの小娘が、少年の胸中をざわめかせているようだった。

経芳は胴の間に降りた。

屋倉に入りかけて、甲板が一枚外れていることに気づいた。

水夫が荷室に潜っているのかもしれないが、はめ忘れているだけであれば、板を戻しておかなければならない。うっかり落ちると危険でもあり、和船は甲板の水密性が低く、波をかぶったときに海水が入りやすいのだ。

経芳は、甲板の隅に片膝《かたひざ》をつき、荷室の中を覗き込んだ。当然、真っ暗だったが、提灯は広瀬に渡してある。

「おい、誰か――」

声をかけようとしたとき、荷室の暗闇から二本の腕が伸びてきた。好戦的な蛇のように経芳の首に絡みつく。熱く、柔らかく、力強い腕だった。

「うっ……」

踏ん張れる体勢ではなく、そのまま闇の中へ引き込まれてしまった。

身体が半回転して、経芳は背中から叩《たた》きつけられた。

たいした衝撃はない。

空荷のはずだったが、船底には船体を安定させるために土嚢《どのう》をぎっちりと敷き詰めている。その上に落ちたのだ。

何者かが経芳に抱きついてきた。

吐息を切々と弾ませ、女の甘酸っぱい体臭を発散している。

「……お森、なんの真似《まね》だ？」

返事の代わりに、お森は激しくむしゃぶりついてきた。

火照った唇が、経芳の口を探して塞《ふさ》いでくる。ぬめりとした感触だ。

〈こんな莫迦なことをしとる場合か！〉

激昂《げきこう》しかけたが、お森を怒鳴りつけるわけにもいかなかった。大声を出せば何事かと水夫たちが集まってくるだろう。

お森の力は思ったよりも強く、経芳はふり払うことができなかった。力負けしているわけではなく、柔術の達人のような巧みさで四肢も絡め、的確な重心移動によって男の身体を御しているのだ。

かといって、女を殴るわけにもいかず、経芳は窮した。

対応策に困っているあいだにも、お森は肉の横溢《おういつ》した胸を押しつけ、逞《たく》しい太ももを擦りつけ、肌と肌を隙間《すきま》なく密着させてきた。暗闇の中で揉《も》みあい、すべての感触が、お森は裸体だと告げている。

経芳は戦慄《せんりつ》した。

これでは、女が男を強姦《ごうかん》しているようなものだ。

唇から、お森の舌が潜り込んできた。とろりと甘い唾液《だえき》も流れ込んでくる。切実で、情熱的な衝動が伝わってきた。粗であり、野でもあったが、不思議と卑しさは感じられなかった。

お森という不可解な女が、なぜか哀《かな》しい生き物に思えた。

そのせいか、経芳の股間《こかん》は勃然《ぼつぜん》としてしまった。いかん。そう思った。獣となるには時も場所も悪すぎる。

無言の格闘劇をつづけたが、脱出は困難を極めていた。

汗ばんだ乳房が、経芳の胸板で柔軟に形を変えている。その深い谷間から、女の情欲が漂った。経芳の口元は塞がれっぱなしで、息が苦しくなってきた。鼻孔から、その甘酸っぱい芳香を吸い込んでしまった。

あまりにも濃厚で、頭の中に霧がかかる。

獣欲の疼《うず》きは激しさを増し、女の祠《ほこら》を狂おしく求めた。濡《ぬ》れた肉の源泉を刺し貫き、精の塊をぶっ放したがっていた。

経芳の勃起を下腹部で感じたのだろう。くくっ、とお森は勝利を確信した含み笑いを漏らし、繊手で軍衣の股間をまさぐり、求めていた大物を得た猟師のように固くなった逸物《いちもつ》を摑《つか》み上げた。

強烈な性感が腰を貫く。

「ぐっ……」

思わず漏らしそうになり、経芳は奥歯を嚙《か》みしめた。

邪魔が入らなければ、このままお森を抱いていたかもしれなかった。

ぐらぁり……。

船体が大きく動揺した。

突風にあおられたせいではない、と経芳は直感した。

船尾の舵で急旋回しているのだ。

その理由を推測する間もなく、いきなり船腹を衝撃が突き上げた。

絡みあった二人の身体も浮き上がる。

お森は驚き、腕の力をゆるめた。

その隙に経芳は女体をふり落とし、追撃の恐怖に肝を冷やしながらも、甲板へと素早く這《は》い上がった。

「なにが起きたか！」

必要以上の大声で、経芳は叫んでいた。

†

「おいおい、どうしたどうした」

五郎は、おっとり刀で甲板に出た。

船揺れに酔って、頭の芯《しん》はしゃっきりとしなかったが、なにか変事が起きたことはわかっている。船が止まり、やや船首を持ち上げていた。近くに陸の影はない。岩礁にでも乗り上げてしまったのだ。

「帆を畳め！　風で横倒しになるぞ！」

村田が指示を飛ばしていた。

「それから、誰か……船底に降りて、浸水がないか調べてくれ」

水夫の一人が威勢よく荷室へ潜り、すぐに戻って報告した。

尖《とが》った岩が右の船板を突き破り、海水が流れ込んでいるようだった。乗り上げているから沈没しないまでも、このままでは航行不能だった。

「他に荷室でおかしなことは……」

途中まで言いかけて村田の顔に奇妙なためらいが滲《にじ》んだ。

「いや、それはよか。とにかく、割れた板と岩の隙間に藁《わら》でもなんでも詰め込んで、土嚢を積み上げておけ。それから、海水を汲《く》み出さなければならん。なにか道具は積んでないのか？」

　何人かの水夫が帆柱の裏手にまわり込んだ。

　五郎も覗き込んでみると、四角い木の管が床板から伸びて、上には把手《とって》がついている。ところてんを細長く切る〈天突き〉に似ていなくもない。横に穴があり、そこに細長い管を差し込んで、舷側の外まで届かせようとしていた。

　どうやら、これが船底にたまった海水を排出するための道具らしい。

「も、申し訳ありません」

　広瀬少年がうなだれ、すっかり意気消沈していた。

「私が、もっと気をつけていれば……このあたりに岩礁が多いことは水夫たちが教えてくれていたのです」

「いや！　孫四郎殿のせいではない！」

　鈴木が居丈高に断言した。

「そうだ。広瀬君のせいではなか」

　村田も慰め、五郎にしても同じ意見だった。

　経験豊富な水夫でさえ、衝突の寸前まで気付かなかったのだ。子供一人に責任を押しつけるのは無理があるというものだった。

　いや……だからこそ、広瀬は心底悔やんでいるのだろう。すっかり一人前のつもりでいたのに、大事なところで未熟を露呈してしまったのだ。

「いえ、もっと岸から離れていればよかったのです。でも、潮流が逆になっていましたし、少しでも陸からの風を捕まえて船足を上げたくて……私の失策で、夜明けには間に合わないことに……」

「そのへんでよか」

「は、はい……でも……」

「あとは愚痴んなる。愚痴んなれば男を下げる」

「はい……」

少年は悔しそうに唇を嚙んだ。

「そんなことより、これからどうするんだ？」

五郎が話に割り込んだ。

「船を修理するには、ここから脱出する必要がある。まあ、刺さった岩が抜けたとたんに海水が流れ込んで沈むかもしれんが、それでも手順としては、まず船を岩場から離すことだ。――で、どうやるんだ？」

「ん……」

村田は、左舷に移動して、暗い海原を凝視した。

五郎も眼を細めると、うっすらと山陰が見えてきた。その手前に小島があり、船の後方には、さらに大きな島があった。

〈小島のあいだを通ったところで、気を抜いたらしいな〉

村田は、右舷からも海を覗き込む。

船首がきっちりと岩礁に乗り上げて、彼らが歩きまわっただけでは船体はびくともしなかった。ひどい状況だが、船酔いの心配はしなくてもよさそうだ。

「よし……あれだ」

村田の指先は、数十メートルほど先で波に洗われている小さな岩場を指し示しているようだった。

「伝馬船に綱をありったけ載せて右舷から降ろせ」

村田が命じると、自分たちを置いて逃げるのかと思ったのか、水夫たちの動きが不安そうに止まった。

「あの岩に縄をくくりつけ、轆轤《ろくろ》で引っぱって船を動かす。船尾に重みをかけるため、土嚢も移動させておいたほうがよか」

村田の説明を聞いて、水夫たちの表情は蘇生《そせい》した。

広瀬少年も挽回《ばんかい》の好機に顔色を明るくする。

「私が伝馬船に乗ります」

「いや、広瀬君には残ってもらいたい」

「ならば、わしが代わりに乗る。依存はないな？」

「おれも仲間に入れてくれ。少しは働かないと身体が鈍るしな」

村田は、鈴木と五郎をじろりと見た。

そして、うなずいた。

「漕《こ》ぎ手として、水夫も二人借りる」

伝馬船が海原に降ろされると、五郎と村田は舳先側に座り、鈴木は真ん中でふんぞり返った。漕ぎ手の水夫二名は後方である。

二丁の櫓《ろ》が海水をかきまわし、ゆるりと出発した。

たった数十メートルの船旅だったが、どこに危険な岩が潜んでいるのかわからないことが神経を圧迫していた。

風が強く、波のうねりも大きい。潮の流れが、岩と岩のあいだで速くなるところがあり、一瞬たりとも油断ができなかった。

五郎は、わずかに後悔した。

村田が提灯で行く先を照らしているが、それでもなにも見えないに等しい。風が轟々《ごうごう》と耳元でうなっている。作業に無用な刀は置いてきた。眼も耳も役に立たず、五郎は船の重しとして存在しているだけであった。

小さな船体は慎重に前進している、ひと漕ぎごとに大きく揺れる。

船底を岩が擦る音がして、そのたびにひやりとした。

ひどく頼りなげな心地で、ちっぽけな自分を否応なく意識させられる。

〈こんな船上で斬り結ぶのは御免だな〉

戦国期の武者は、船と船をぶつけ合うような海戦で、重い鎧《よろい》をつけたまま溺《おぼ》れ死ぬこともあったらしい。想像しただけでも肝が冷える最期であった。

どうあっても、海は彼の世界ではなかった。

荒々しく砕ける波間に敵意さえ感じていた。

土方歳三に従って、決戦地の蝦夷《えぞ》へむかわなかったのは、心のどこかで渡海への恐怖を感じていたのかもしれない。

そんな益体もない想念に弄《もてあそ》ばれた。

しばらくして、目的の岩場に着いたようだった。

揺れる伝馬船の上で、村田は危なげもなく立ち上がる。提灯を腰に引っかけて、なんのためらいもなく闇の中へと跳躍した。

巧《うま》く岩場に着地できたようだ。

「綱を」

「お、おう」

足元に丸められていた綱を五郎が投げ、村田は首尾よく受けとった。

「もう一人きてくれ」

「おれがいく」

五郎が宣言したが、鈴木は無言であった。

肥満体だけに跳躍は苦手なのだろう。

船の縁を摑んで腰を浮かすと、すぅ、と息を吸い込み、覚悟を決める。船の揺れにあわせ、無心で岩場へと飛び乗った。

風に背中を押された。思ったよりも距離が延びる。着地で右足が岩肌を捉《とら》えそこねたが、足首をくじく失態はおかさずに済んだ。体幹がぐらつき、両手をついてしまったくらいだ。

「そこで綱を支えてくれ」

「わかった」

五郎は、海中に沈まないように縄を持ち上げた。

三畳間よりも狭い岩場だった。

途切れることなく打ち寄せる波が足元を濡らしたが、揺れない場所に立っている安堵《あんど》のほうが大きかった。船に戻ると考えただけでもげんなりしてくる。

〈さて、これで鈴木がどう出るのか……〉

五郎の興味はそこにあった。

任務を邪魔する裏切り者であれば、なにか仕掛けるにはうってつけの状況である。こちらは丸腰だ。偶然を装って、村田か五郎を葬ることもできなくはない。水夫など、いくらでも口封じできる。

村田は、岩場に縄をくくりつけようとしているが、どうやら苦戦しているようだった。縄を巻き付けるには、頑丈で、突出した部分が必要だ。それが半ば海中に沈んでいて、沸き立つような波も作業の邪魔になっているのだ。

「おれも手伝おう」

「頼む」

村田の傍に寄って、五郎もしゃがみ込んだ。

たちまち下半身が波に蹂躙《じゅうりん》された。下帯までぐっしょりだ。手探りで岩の形を探ってみると、村田が眼をつけただけあって、申し分はなさそうだった。二人がかりで縄を押さえつけ、苦労しながら巻きつけていく。

跳ねた海水が口に飛び込む。しょっぱいだけだ。吐き出した。

「つっ……」

五郎の左の手のひらに痛みがはしった。フジツボかなにかで切ってしまったらしい。傷口をひと舐《な》めし、血の味で気力を充実させた。

「んっ、これでよか！」

なんとか終わったようだった。

念のため、村田が何度か綱を引っ張る。

いいようだ。

「藤田さん、戻ろう」

村田の提灯を追って、五郎も引き返した。

そのあいだも、二人の水夫は懸命に櫓を操りつづけ、伝馬船が潮流に流れないようにとどまってくれていた。

〈空ぶりだったかね〉

鈴木は、あいかわらず傲然と座っている。船に乗ってから微動だにしていないようだった。小憎らしい悪相のお地蔵様だ。

村田が先に跳躍し、五郎もつづこうとした。

ずぶ濡れの作業を終えて、気がゆるんでいたのだろう。

「おっ……！」

濡れた岩場で足が滑った。

悪いことに、跳躍の途中で、もう片方の足は宙に浮いてしまっている。あえなく失速し、海中に落ちることは必至だった。五郎は舌打ちした。だから海は嫌いだ。下手をすれば、潮流に巻き込まれて――。

がっ、と手首を摑まれた。

五郎は、驚きで眼を見開いた。

鈴木が助けてくれたのだ。

信じられない力で五郎の長身が引き込まれた。手首が軋《きし》み、腕が抜けるかと思った。視界が天地を失って、荷物のように伝馬船に転がされた。突風にでも吹き飛ばされた気分であった。

鈴木の怪力もさることながら、不安定な船を転覆させなかった繊細な技量に、村田と水夫二人も驚いているようだった。

鈴木は、無様に転がった五郎を不機嫌そうに見下ろした。

「虫は好かんが、同志は同志じゃ」

「ほう……」

まだ手首が痺《しび》れていたが、五郎は気にもならなかった。

「なんだ？　助けられて不満か？」

「いやいや、助かったさ」

五郎の胸に可笑《おか》しみが突き上げ、思わず噴き出しそうになった。

「莫迦力も役に立つ。見直したよ」

「ふん……新徴組を嘗めるな」

鈴木は、憮然《ぶぜん》とそっぽをむいた。

「ああ、まったくだ」

五郎は、我慢できずに笑い出していた。

〈どうやら、本気で子供の名代を務めるつもりだったのか〉

弁才船に眼をむけると、広瀬少年が元気に手をふっていた。

満足げに鈴木の口元がゆるむ。

このむさ苦しい庇護者《ひごしゃ》気取りを見るにつけて、紅顔の広瀬少年は鈴木の情人ではないかと五郎は疑っていた。だからといって、珍しいことでもない。新撰組でも男色が流行《はや》った時期があるのだ。

ただ、それだけのことであれば、たいした問題ではなかった。

五郎の笑いが止まった。

山猫の眼が、闇夜に光って――。

屋倉の上で、お森がこちらを眺めているのを見つけてしまったのだ。


弁才船を岩礁から脱出させる。

最大の難関に、いよいよ挑むことになった。

水夫四人で轆轤がまわされて、綱がぴんと伸び切る。轆轤の軸に巻きとられていく綱は、船尾近くの滑車を経由して岩場へと繋《つな》がっていた。

滑車を支える器具がもつのか？

たった一本の綱で重い船体を動かせるのか？

やってみなくてはわからなかった。

水夫たちは汗まみれになって四方に伸びた棒を押すが、ぎち、ぎち、と縄や滑車が軋むだけで、船体は動く気配もなかった。

広瀬少年の提案で、帆を掲げて風の力を借りることにした。船底での排水作業を中断させて、海上の伝馬船にも水夫を投入し、弁才船を引っぱらせる。

老人と小娘は、邪魔にならないところで見物だ。

村田は、船体の前部が乗り上げた岩礁に上陸して、剝《は》がした甲板を使ってなんとか船首を持ち上げようとしている。

五郎と鈴木は、船尾にまわって、直接綱を引っ張ることになった。

そーれ！　うん！

トコトンヤレ　トンヤレナ

昔、官軍が謡《うた》っていた〈トコトンヤレ節〉の一部が、なぜか掛け声になった。

やーれ！　うん！

トコトンヤレ　トンヤレナ

元賊軍の五郎にとっては、気力が抜けることははなはだしかったが、それでも、鈴木の後ろで皆と調子を合わせて綱を引っぱった。

岩場で切った手のひらは痛むが、それほど深い傷ではなかった。水夫から徴収した煙草《タバコ》を押し込んで、しっかりと手ぬぐいを巻きつけている。煙草の葉には、血止めの効能があるのだ。

そーれ！　うん！

トコトンヤレ　トンヤレナ

ぎちっ、ぎちっ、と滑車が軋んだ。

少しずつ、少しずつ、轆轤は綱を巻き込んでいる。

なんとなく、船体が傾いてきた。

やーれ！　うん！
トコトンヤレ　トンヤレナ

「そーれ！　うん！」

五郎も声を張り上げた。

異音を発して、滑車が弾《はじ》けとんだ。支えを失った綱が屋倉の壁に叩きつけられる。なんの。五郎と鈴木が浮かせば、滑車の代用になる。実際に、鈴木は屋倉の壁に片足を踏ん張り、歯を食いしばって綱を浮かせた。五郎も力をふり絞って、鈴木の負担を軽減することに尽くした。

依然、弁才船はびくともしない。そう思われた。


やーれ！　うん！

トコトンヤレ　トンヤレナ

風が強くなった。帆がはらみ、船体を揺すりたてる。

そうだ。もっと吹け。もっと――。

しだいに風は勢いを失っていき、五郎の腕も震えてきた。汗が眼に流れ込んでくる。轆轤から木材が割れる嫌な音がした。駄目か。気力が萎《な》える。諦めかけたとき、突風が横殴りに襲いかかった。ふたたび希望が芽生える。

ずず、と船体がわずかに動いた。

しかし、そこまでだった。

またもや、風が衰えはじめ――。

「くぉぉぉぉぉぉぉっ」

鈴木が咆哮《ほうこう》を放った。

地中深くに根を生やした牛蒡《ごぼう》でも抜けたように、縄が一気に引っ張られる。五郎は必死にたぐり寄せ、水夫が轆轤で巻き込む。誰もが声も出ないほどに疲弊していたが、歓喜が船内で弾けていた。

ぐら、ぐら、と船体が揺れる。

海上に戻った証拠だった。

岩礁からの脱出に成功したのだ。

舷側から垂らした縄をよじ登って、村田が船上に戻るなり指示を飛ばした。

「伝馬船を引き揚げい！　このまま出航する！」

ところが、さすがに無理をさせすぎたのか、轆轤の主軸が破損してしまったと広瀬少年は残念そうに報告した。

滑車も壊れ、直す余裕はなかった。

しかたなく、水夫だけ乗り移らせて、伝馬船は放棄することに決まった。

岩に繋いだ縄を五郎が断ち切った。

弁才船は再出発したが、腰を落ち着ける暇などなかった。

操帆と舵取りに必要な水夫を除いて、全員で船の修理にかからなければならない。

村田は荷室に降りて浸水の穴を塞ぎにかかった。

水夫は船尾に偏らせていた土嚢を移動させ、五郎は排水装置の把手を上下させて作業を手伝うことになった。

無双の活躍をした鈴木は、どこか身体の筋を痛めたらしく、松藏老人が応急手当てをほどこすために、空いている場所へと連れていった。

浸水が止まり、ようやく一息ついたのは、二時間ほど経《た》ってからだった。

六章　謀略海流

孫四郎は、船首で見張り役についていた。

夜明け前が好きだった。

漆を塗り込めたように暗く、どこか人を敬虔《けいけん》にさせる深い闇《やみ》だ。

波の音。風の音。船体が軋《きし》む。

熟練の水夫が操る縦帆は、しっかりと風を捉《とら》えていた。張りすぎず、緩めすぎず。誰もがいい腕をしている。

外洋の逆風を避け、陸沿いをすすんで横風を利用することで、岩礁に乗り上げて失った時間は、かなり挽回《ばんかい》しているはずだった。

浸水への対処も、応急処置にしては充分だ。内側に折れた船板を押し戻し、隙間《すきま》を木片などで埋め、かすがいを打ち込んで補強し、土嚢《どのう》を重しとして積み上げたことで、当面の航行に耐える状態になっていた。

村田と藤田は、修理を手伝っていた水夫たちと屋倉で休憩をとっている。夜が明けるまでは、ゆっくり休ませてあげたかった。

孫四郎は、祈りにも似た想《おも》いを抱いていた。

自分は、村田少佐のようになれるだろうか？

藤田警部補のようになれるだろうか？

あの二人にとって、これは冒険ではない。与えられた役割を淡々とこなしているだけだ。

自分もそうなりたい。もっと一人前だと認めてもらいたかった。心胆を練り、身体《からだ》を鍛え、どんな危機にも顔色一つ変えない男に……。

強烈な憧《あこが》れが、少年の胸を焦がしていた。

「孫四郎殿も少し中で休んだらどうだ？　見張りはわしがやっておく。今は元気でも、あとでへばるかもしれん」

鈴木は、腰の帯に差し込んだ拳銃《けんじゅう》を軽くたたいた。船上で小銃もないだろう、と村田少佐が渡したスミスウエッソン拳銃だ。

「いえ、私はだいじょうぶです」

気遣わしげな顔に笑いかけた。

孫四郎は、長旅の疲れを感じていなかった。

気分は高揚し、このまま幾晩でも起きていられそうだった。年少者とはいえ、自分の知識と経験が役に立っている。

それが嬉《うれ》しくて、照れ臭くて、誇らしかったのだ。

「む、そうか……」

鈴木はうなずき、水夫を見張るように視線を流した。物心ついたときから、鈴木のことは知っていた。なんの用があるのか、よく実家に出入りしていたからだ。子供の孫四郎にも親しげに笑いかけ、ときには遊んでくれることもあった。

もう一人の兄のような存在であった。

村田少佐や藤田警部補と合流したとき、鈴木が露骨に反発を示したことで、孫四郎はひどく心配していた。

しかし、ともに困難を乗り越えたことで、今では同志としての信頼が芽生えているように思えた。

孫四郎には、彼らとなら、この任務も難なくこなせるのではないか……。

孫四郎には、旅の前途に明るい希望しか見えていなかった。

どちらにしろ、今は胸が昂《たか》ぶりすぎて眠れそうにはなかったが――屋倉の外にいたい理由は他にもあった。

〈屋倉には、あの女の人が……〉

お森――。

不思議な女の人だ。

微笑を赤い唇に浮かべ、ねっとりと彼を眺めてくる。あの眼差《まなざ》しは女体の味を知らない少年を落ち着かなくさせた。惹《ひ》かれつつも怖れを感じさせる。それは根本的に母の眼差しとは異なっていた。

ふいに感傷が湧《わ》き、胸を甘噛《あまが》みした。

〈鶴岡から、これほど遠くにきてしまった〉

父も母も優しい人だった。

末っ子の彼を甘やかし、大切に育ててくれた二人だ。しかし、本当の父と母ではないのだろう。誰に告げられたわけではなく、いつのころからか、なんとなしに気づいていたことだった。

孫四郎は、父に似ていなかった。

母にも、兄たちとも似ていなかった。

その繊細な容貌《ようぼう》は、家族の誰とも似ていなかった。それなのに、家の者は彼に優しかった。やりきれない孤絶を感じるほどに優しすぎた。

だからこそ――。

竹内老人が孫四郎を鶴岡から連れ出す意向を持ちかけても、誰一人として強硬には反対しなかったのだろう。本当の身内ではないのだ。いつか、この家から巣立っていくはずの他人にすぎなかった。

だから、どこか家族が苦手であったのかもしれない。

だから、これほどの解放感に浸れているのだ。

わけても、過剰なまでに愛情を注ごうとする母には疎ましさを感じていた。

だから――だから――。

少年はかぶりをふった。とりとめのない感傷を頭から払う。

まだ先は長いのだ。

着物が湿気で重かった。ときどき雨粒も落ちてくる。空にはたっぷり水気を含んだ雲がみっしりと詰まっているのだろう。

日の出前には室戸岬を抜け、ぎりぎりまで外洋へむかう。十キロも離れれば、まず水平線に隠れて見つかるまい。陸地から離れすぎてもいけなかった。強力な潮に巻きこまれて、江戸までいきたくなければ……。

「……あ……！」

室戸の岬をまわったとき、異様な影を発見した。

最初は山かと思った。

次には島かと疑った。

鯨《くじら》のような巨影が、どっしりと波間に腰を据えている。

「東艦《あずまかん》！」

孫四郎は叫んでいた。

あの特徴的な艦影は間違えようがない。全長五九メートル。排水量は一三五八トン。二本の帆柱。船首に衝角を備え、木製の船体を鉄張りにした装甲船だ。

興奮で身体が熱くなり、しだいに血の気が引いていく。

武装は三百ポンド砲一門と七十ポンド砲二門。火器は他にも積んでいるが、それだけで充分すぎる。三百ポンド砲は、旧幕府軍の旗艦〈回天〉を叩《たた》き潰《つぶ》したという。こんな小舟などかすっただけで粉々だった。

「皆を呼んでくる！」

鈴木も血相を変えて屋倉へ駆け込んだ。

孫四郎は立ち尽くし、その膝《ひざ》は震えていた。

いつもなら、夜明けは新たな希望をもたらすはずだ。闇の恐怖から解放され、生き返ったように気力がみなぎるはずだった。

だが、今や呪《のろ》わしい絶望の光であった。

大人たちから、戦争の話をよく聞かされた。どうやって郷里を守ったか、誰もが誇らしげに語ってくれた。抗戦を選んで破滅した藩もある。戦う前に降伏した情けない藩も多かった。それに比べて、いかに庄内の侍は立派であったか……。

あの時代に、もし戦える年齢であれば、自分はどうしていただろうか。あっけなく弾にあたって死んでしまっただろうか……。

危険な旅だと承知していた。

現実に、峠での銃撃戦も経験し、自分は銃火に耐えられた。

しかし、それでも――。

†

「甲鉄か」

五郎は低くうなった。

新政府軍の旗艦として、戊辰戦争の帰趨《きすう》を決した巨艦である。当時は〈甲鉄〉と呼ばれ、その威容だけで旧幕府軍を畏怖《いふ》せしめた。

ただし、華々しい栄光は過去のものだ。

艦齢十三年の老兵であり、後方警備へまわされていたのだろう。巨艦だけにいかにも鈍重そうで、時代遅れの衝角を海に突っ込んでうずくまる姿は、朽ちかけた大木のようにも見えた。

「釜《かま》の火を落としてくれてると助かるんだがね」

五郎たちにとって、それは切実な望みだった。

帆は畳まれている。錨《いかり》も下ろされているが、二つの探照灯が暗い海面を照らし、一つは陸側にむいていた。もう片方は太平洋側だ。

いや、お疲れさま、と五郎は嗤《わら》う。怪しい者は、ここに潜んでいるのだ。船体の黒塗りが功を奏して、まだ見つかっていないだけだった。

〈土方さんは、こんなもんを乗っ取ろうとしたのかよ〉

江戸城が新政府軍に明け渡され、箱館の五稜郭《ごりょうかく》にまで退いた旧幕府側は、奇策によって〈甲鉄〉の奪取を試みたことがある。

結果は無残なものだった。

盛岡藩の宮古村沖に停泊中の新政府軍艦隊に、夜明けとともに奇襲を成功させたところまではあっぱれだが、勇躍抜刀して〈甲鉄〉に乗り込んだ新撰組の残党は艦載ガトリング砲で蹴散《けち》らされ、奇襲作戦の指揮をとっていた甲賀源吾《こうがげんご》も頭部を撃ち抜かれて戦死してしまったのだ。

本来ならば、反撃と追撃を受けて、旧幕府軍の艦艇も大被害を受けているところだが、油断していた敵が蒸気機関の火を落としていたため、旧幕府軍の奇襲艦隊は無事離脱に成功している。

「……いや、火は落としていないようだ」

村田の声は硬かった。

よく見れば、船体の中央にそびえ立つ筒からは黒煙がたなびいている。錨をあげれば、即座に出航できる態勢にあるということだった。

「東艦の速さは？」

「九ノットです」

広瀬少年が即答した。

「この風では追いつかれます。闇に紛れて逃げ切るしかありません」

見つかれば、それで終わりということだった。

誰もが息をひそめていた。五郎や村田に手伝えることはない。広瀬の繊細な指示と、水夫の操船技術だけが頼りなのだ。

底が平らな和船は、すり足で波間を渡っていく。風むきはよろしくない。和船は巨艦の脇をかすめるような航路へと押し出されているようだった。

すでに危険なほど接近していた。

いまさら反転したところで、せっかく稼いだ船足を落とすだけのことだ。このまま勢いを持続して、探照灯の監視をくぐり抜けながら、巨艦の脇をかすめるように通過するしかなかった。

「ほう……老兵とはいえ、アメリカの戦船は立派なものですな」

松藏老人が、場違いな感嘆を漏らした。

「村田様、やはり模範とすべきはアメリカですよ。工業力では、すでにアメリカの時代が到来しております。鉄道に関しても、四〇年も前から軌道敷設の総距離で本家のイギリスを凌駕《りようが》し、その差はひらいていく一方です。軌道の鉄はもちろん、蒸気機関車もとっくに国産化されて、輸入品と換えられているようで」

こんなときに、なにを熱弁しているのか……。

五郎は呆《あき》れた。

「ただ、まあ、しかしながら、今の日本では、合金素材への研究が遅れておりますな。ガトリング砲でさえ、まだ日本の技術では……」

「造れんこともなか」

村田も、すぐに乗ってきた。

〈この状況下で……豪胆なのか、鈍感なのか……〉

五郎には判断しがたい神経だった。

「なるほど。アメリカは立派なもんだ。日本に比べて、領土は呆れるほど広大だ。じゃが、国民の数では、日本とそれほど変わらん。領土の狭さは問題ではなか。それどころか、資材と労働力を集中しやすくなる利点がある」

無口な薩摩人が饒舌《じょうぜつ》になっている。

「たしかに、今は旋条を刻んだ銃身の量産さえも難しい。日本には良質の鉄が少なく、製造機械もそろってなか。言い訳はいくらでもある。じゃが、いつかはできるようになる。おいの時代ではできなくても、次の世代では……それまでは、あるものでなんとかするしか……いや、ともあれ、ガトリング砲は弾を浪費しすぎる。今の日本には、まだ必要のないものだ」

「ですが、これからは、もっと大量に弾をばらまく時代になるでしょうな。田原坂では慢性的に弾薬が欠乏していたと聞いておりますよ」

松藏は、船上でウィンチェスター小銃もないと思ったのか、幅広の革帯に珍しい型の拳銃をおさめた革鞘《かわざや》を吊っている。

「このコルトとウィンチェスターのように、拳銃と小銃で同じ金属薬莢《やっきょう》を使えれば、あとは供給量の問題だけとなりますな。もう一歩すすめて、小銃用の弾薬をガトリングに使えれば——」

「弾薬の長さがガトリングでは持て余す。威力が大きすぎて、故障の原因になる。弾もかさばる。よって、輜重《しちょう》が困難に——」

「いい加減にしろ」

ついに五郎は声を荒らげた。

「鉄砲談義をしたいのか？　それとも、静かに逃げたいのか？」

どちらにしろ、それは不可能になった。

たんっ！

たっ！

たたたんっ！

船尾で、偽りの平穏が破られたのだ。

†

鈴木佐十郎が、ガトリング砲を連射していた。

操作は思ったよりも簡単だった。あの老人から教えられた通りだ。潮風避けのむしろを外し、竹筒を束ねたような多銃身を東艦にむけ、銃尾の横から伸びた把手《とって》を回転させるだけであった。

たんっ、と。

乾いた発射音が響く。

図体のわりには口径が小さいから、拍子抜けするほど反動は少ない。

さらに把手をまわす。

最初は重いが、すぐに勢いがつく。たんっ。弾薬自身の重さによって、次々と薬室へ装《そう》塡《てん》されていく。たっ、たんっ、たたたんっ。小銃では味わえない感覚だ。快感を催すほど気持ちよく連射できた。

東艦の装甲に火花が散った。

獰猛《どうもう》な笑いが湧《わ》く。

ふいを突かれて、驚愕《きょうがく》した気配がこちらにも伝わってきた。まさか、ここで敵襲があるとは思ってもいなかったのだろう。二つの探照灯が慌ただしく動きまわり、不敵な銃撃者を探しはじめた。

〈よし、これでいい〉

機関部の斜め上に刺さっている長細い弾倉には、まだ弾が残っていたが、佐十郎はガトリング砲から手を放した。

足もとには、舵取《かじと》りの水夫が転がっている。佐十郎が気絶させたのだ。

こちらの船でも異変に気付いたようだった。当然だ。待つまでもない。佐十郎は帯に差していた拳銃を抜いた。弾は六発。充分だった。

蒼《あお》ざめた顔で、胴の間の甲板にのっそりと足をむけた。

〈竹内様が生きていたら、こんなことにはならなかったのか？〉

佐十郎は、いまさらに自問した。

血気盛んな老人であった。幕末の庄内藩としては、あれ以上の結末はなかった。が、それでも慚愧《ざんき》が残っていたようだ。本心では、武士の時代とともに、潔く殉じて果てたかったのかもしれないが……。

しかし、竹内は庄内藩を裏切ったのだ。

佐十郎が裏切らせたのだ。

文武ともに秀で、藩主への忠義には篤《あつ》かったが、女好きが玉に瑕《きず》だった。長い江戸屋敷での暮らしに倦《う》んで遊廓《ゆうかく》の太夫に入れ揚げ、隠し子をもうけてしまった。長州の間諜《かんちょう》であった佐十郎は、その弱みを有効に利用した。

脅迫だ。

佐十郎は、新政府軍が江戸入りする前に新徴組を脱し、その後は、庄内藩への征伐軍に編入されていた。秘《ひそ》かに領地へ侵入すると、竹内と渡りをつけて、藩内の恭順派に仕立てたのだ。

徳川家が大政奉還さえしていなければ——。

武士の世が足もとから崩壊しなければ——。

竹内は、武人の本懐を全うしていただろう。

御一新の後、佐十郎は鶴岡に定住した。

政府の役人になりたかったわけではない。

陸軍の士官におさまって威張ることにも興味はなかった。

もともと漁村の生れだ。

尊攘《そんじょう》思想に共感したというより、乱世の予感に若い血潮がおさまらず、郷里を飛び出して長州側の間諜になった。

新徴組を騙《だま》したことで後悔はしていないが、竹内儀右衛門を裏切り者に貶めたことには、どこか後ろ暗い想いがぬぐい去れなかったのかもしれない。

開墾事業に参加し、佐十郎は長閑《のどか》な田舎に馴染《なじ》んだ。

豪商の広瀬家で養子として育てられている広瀬孫四郎を、陰となり、日向となり、常に見守ってきた。

広瀬孫四郎は、竹内儀右衛門の隠し子であったからだ。

そして、本当の父親は、佐十郎なのかもしれなかった。

江戸で竹内儀右衛門が執着した太夫は、流行《はや》り病で死んでいる。真相はわからないが、女は長州の資金で籠絡《ろうらく》した佐十郎の情人でもあったのだ。

謀略が産み落とした子供の境遇に、最初は哀れを催しただけであったが、成長するにつれて、華奢《きやしや》で、聡明で、儚《はかな》げで、美しい珠《たま》のような少年となり、佐十郎を異様な情念の虜《とりこ》にしてしまった。

惚《ほ》れている。そうなのかもしれない。

佐十郎には妻も子もなく、愛情を注ぐ相手に餓えてもいた。牛若丸に対して、弁慶もこんな想いを抱いていたのだろうか……。

この命を賭《と》しても、少年を護《まも》り抜かねばならなかった。

†

「南洲殿は殺させん！　わしが殺させん！」

屋倉の上から、鈴木は経芳らに銃口を突きつけた。

「鈴木殿、なにを……！」

味方の乱心に、広瀬はうろたえている。

「孫四郎殿、はやくこっちに！　こやつらは九州に上陸したら、わしらを官軍に売り渡すつもりだ！　警視庁の犬め！　薩摩の裏切り者め！」

「で、でも……」

広瀬は、どうしていいのかわからない様子だった。鈴木の勢いに引き込まれ、思わず歩み寄るそぶりを見せたが――。

「ひっ……」

背後から忍び寄った小娘に、少年は抱きとめられていた。

女は嗤《わら》っていた。

小莫迦《こばか》にした眼で鈴木を嘲弄《ちょうろう》していた。

鈴木は激昂《げきこう》し、威嚇の発砲をした。

帆綱を曳《ひ》く水夫に命中した。偶然だ、と経芳は判断した。不安定に揺れ動く船上で、そう簡単に命中させられるものではない。

撃たれた水夫は、そのまま海へと落ちていった。

当てるつもりのなかった鈴木は明らかに動揺していた。その隙を見逃さず、すぃ、と藤田が前に出かけた。

「動くな！」

鈴木は、拳銃で威嚇した。

藤田も、この間合いでは銃弾に勝てないとわかっている。やや前傾した姿勢で、柄に手を触れたまま足を止めた。

困った事態になった。経芳の小銃は船室にある。

有効な武器は、松藏老人が腰に吊るした拳銃だけであった。

アメリカのコルト社製で、右側の小蓋を開いて弾倉に一つ一つ弾を押し込んでいく方式だった。中折れ式のスミスウエッソンより少ない部品で構成され、そのぶん堅牢《けんろう》で信頼性が高く、武器とは思えない優美な形を獲得している。

鈴木も抜け目なくそれに気づいていた。

だが、両手をだらりと下げた松藏老人が抜くよりも、すでに拳銃を構えている鈴木のほうが有利なはずだった。

「孫四郎殿！　はやく――」

鈴木は眼《め》を剝《む》いた。

広瀬少年を一瞥《いちべつ》して、松藏老人へと視線を戻しただけだ。それなのに、突如として、老人の骨張った手に拳銃が握られていた。

〈なんという早業！〉

経芳も驚嘆した。

銃火が閃《ひらめ》く。

鈴木は腹部を撃ち抜かれ、前のめりに倒れ伏した。肥満体は横に転がっていき、派手な水しぶきをあげて海へと落ちる。

「あ……あぁ……」

身近な者の死を目撃して、少年は衝撃のあまり気を失った。華奢な身体《からだ》はお森に抱きとめられ、水夫らに担がれて船内へ運び去られた。

経芳は、まだ茫然《ぼうぜん》としている水夫を叱咤《しった》して操船作業に戻らせた。

海軍側の狼狽《ろうばい》は激しく、華奢な弁才船は巨艦の脇をすり抜けて、順風に助けられながらも素早く離れることができた。

「爺《じい》さん、長州人を始末して、少しは遺恨も晴れたかい？」

藤田が、いつのまにか経芳と松藏老人のあいだに立っていた。

「はあ……説得する暇はなかったようですので……」

松藏老人は、申し訳なさそうに頭を下げ、銃口に息を吹きかけて煙を抜いてから、拳銃を革鞘へ滑り落とした。

「まあ、それもそうだがね」

藤田がうなずき、こちらにふり返った。

「村田少佐、どう思う？　あの阿呆《あほう》は、竹内の爺さんも殺したと思うか？　それとも、本気でおれたちが裏切り者だと信じてたのか？」

「わからん」

経芳は、松藏にむきなおった。

「事態の収拾に感謝する。――見事な早撃ちだ」

老人は照れたように白髪頭をかく。

「なに、余興のお遊びですよ」

経芳には、そうは見えなかった。

あのとき、松藏はコルトの銃把を野草でも摘むように軽く握った。肘《ひじ》を引いただけで、するりと拳銃が抜ける。もう片手を拳銃の上にかぶせながら、親指だけで撃鉄を弾く。

引き金は絞りっ放しだったはずだ。

弾倉が回転し、撃鉄は固定されずに勢いよく戻る。

撃発。

これがアメリカで習得した射撃術なのか。正確な狙《ねら》いは難しいが、一瞬でもはやく相手に銃弾を叩き込むという実戦的な思想で、修練次第では五メートルの距離で命中させることも可能だろう。

「おい、追いかけてくるぞ」

藤田の声にも焦りの色が濃かった。

探照灯は黒塗りの弁才船を捕捉することに成功し、東艦の巨体がもっさりと重たげに回頭しているところだった。

快速の弁才船は、すでに二百メートルほど距離を稼いでいる。

だが、東艦はマゼリン式の蒸気機関を二基搭載し、一二〇〇馬力で海原を駆ける化け物だ。全速力で動けば、たちまち追いつかれる。

「喫水にガトリング砲を撃ち込んでみたらどうだ?」

藤田の提案を、経芳はすげなく却下した。

「弾が通らん。箱館湾の海戦では、旧幕府の艦が二十三発もの砲弾を浴びせたが、びくともせんかったようだ」

「せめて爆薬があればなあ」

「沈める必要はなか。味方の艦だ」

「ああ、すっかり忘れてたよ。昔の仲間が痛い目に遭ってたんでな。で、どうする？」

経芳は船室に入り、小銃を手にして戻った。

藤田の太い眉《まゆ》が動いた。

「どこを撃つ気だ？」

「探照灯」

「とりあえず、闇に紛れようってことか」

「では、合力いたしましょう」

松藏が宣言した。

ふん、と藤田は鼻先で笑った。どうせ刀では届かない。人任せにするしかないから、かえって気楽になったらしい。

「いいね。銃豪二人の勝負が見られるってわけか」

「わしではありません。お森に撃たせます」

背後に気配を感じて、経芳はふり返った。

こんなことになると予期していたのか、お森がウィンチェスター銃を担いで立っていた。武骨な小銃を持つ手つきに危なげはなく、これから野兎《のうさぎ》でも狩りにいくように気楽な表情をしていた。

藤田は疑わしげに顔をしかめる。

「あの小娘に？　腕はいいのか？」

「ええ、ええ、わしよりは……」

老人のシワ深い顔は、なぜか哀しげに見えた。

経芳は、紀伊で包囲されたときのことを思い出した。提灯《ちょうちん》は三つあった。一つは経芳が消した。残り二つは、ほぼ同時に消えた。いくら老人の腕が優れていても、連射だけでは無理な技だろう。

つまり、船にはもう一人の射手がいた。お森だ。

「時が惜しか。勝手に撃てぃ」

経芳は射撃準備を整えた。

目当てを引き起こし、銃身を舷側《げんそく》の垣立《かきたつ》に乗せる。船体の揺れに影響を受けるが、こちらで呼吸を合わせればいいだけだ。一発で命中することはない。何発も撃つことで、照準を補正していくのだ。

お森は、平凡な立ち撃ち姿勢であった。

雨が降りはじめた。

先行きを考えれば不安になる天候だが、今は悪くない。水平線に太陽が顔を覗《のぞ》かせても、闇の幕がもう少しだけ長持ちしてくれるはずだ。

同時に発射した。

外れた。

二人ともだ。

藤田が吐息を漏らす。

お森は把手を前後に動かした。薬室から弾かれた空薬莢が床板に転がる。

経芳も槓桿《こうかん》を引き、薬莢を排出した。

再装塡はお森がはやい。

ウィンチェスター銃なら当然だ。銃床を頰《ほお》と肩で固定して、片手で把手を動かすだけだ。照準から眼を離す必要すらない。

二発目。外れた。

しかし、探照灯の縁で火花が散った。

巨艦が怒ったように蒸気機関をうならせた。船首下部の衝角を剝いて追ってくる。

経芳も二発目を発射した。

お森の三発目と同時だった。

探照灯が砕け散った。

お森は機嫌よく口笛を吹く。

軽快で、陽気で、どこか郷愁を帯びた〈おはら節〉であった。

銃声。

もう一つの探照灯も砕けた。

雨が経芳の顔を濡らす。三角帆が風をはらんではためく。弁才船は全力で逃げる。悔し紛れか、東艦は正面に備えた主砲を放った。轟音《ごうおん》に闇が脅える。見当違いの場所に盛大な水柱として弾が炸裂《さくれつ》した。

右肩が疼《うず》き、経芳の胸を苦い感情が噛んだ。

だからといって、若武者のように矜持《きょうじ》を傷つけられたと激憤することはない。こちらは劫《こう》を経た古狼《ころう》だ。怒りが才能の爆発に繋《つな》がるほど、精力は余っていなかった。深く沈鬱《ちんうつ》を味わう。

それだけだった。

†

漆黒の和船も、天運が尽きたようであった。

夜が明ける直前に、時代遅れの怪物艦をふり切ったところまではよかったが、今度は獰《どう》猛《もう》な風雨へ飛び込むことになったのだ。

大波が弁才船を激しく動揺させ、荒れ狂う海原が残忍な本性をあらわした。

今こそ指導力を発揮するべき広瀬は虚脱したままだった。しかも、お森が母猫のように少年を抱きしめて離さず、歯を剝《む》いて寄る者を威嚇した。

水夫たちは、近くの港に逃げ込むことを強く進言した。

村田は首を縦にふらなかった。いや、ふれなかった。鈍い表情で苦悩している。引き返せば、政府の軍艦に見つかってしまう。見つかれば撃沈だ。

縮帆して、強風をしのごうとしたが、波風は容赦なく船体を揺すりたてる。水夫をはじめとして、誰もが命の危険を感じていた。

しかたなく、村田は陸地にむかうことを決意した。この嵐《あらし》だ。政府の船でも、安全な場所に避難しているはずだ。ただし、港に逃げ込むかどうかは、最後まで様子を見てから判断することになった。

だが、すでに手遅れであった。

嵐は弁才船に牙《きば》を突き立てて離さない。少しでも船体を軽くするため、ガトリング砲を海へ投げ込み、捨てられるものはすべて投棄した。

水夫が足りず、操船は困難を極めた。

縮めた帆でも吹き飛ばされそうであったが、帆を畳む余裕はなく、転覆する前に柱ごと切り倒すしかなかった。うねり狂う大波に舵も流された。転覆を免れた代償として、弁才船は難破船と化してしまった。

雨が叩きつけられ、大きな波が船体を呑《の》み込んだ。海水が容赦なく船内へ流れてくる。荷物を積みやすくするため、荷室の防水が不十分になっているのだ。排水装置では間に合わない。全員で海水をかき出し、船首と船尾に錨を垂らした。甲板で二人の水夫が波にさらわれたとき、誰もが死相を顔に浮かべていた。

夜になっても、嵐からは抜けられなかった。

どこへ流されるのか、天運に任せるしかない。

自然の暴威を前にして、人は無力である。

それでも、村田は諦《あきら》めなかった。綱で全員を繋ぎ、柱に縛りつけた。弁才船は、とっくに水船となっている。が、荷室に海水が充満したことで、かえって船体は安定したようだった。

ときおり、静寂が船内に落ちる。

風と雨がやむ瞬間がある。

屋倉の中まで海水に浸かり、水夫たちは髪を切って神仏の加護を祈念した。

村田は天を睨《にら》みつけ、藤田は小声で誰かを罵《ののし》り、松藏は瞑目《めいもく》していた。広瀬は喪心から醒《さ》めず、お森は闇の中で妖《あや》しく眼を光らせていた。

水夫の一人がすすり泣く。

「海神の祟《たた》りだ……」

誰かがつぶやいた。

「そうじゃ……あの女のせいで、海神様が怒り狂って……」

「こ、殺せ……」

「そうだ！　生《い》け贄《にえ》じゃ！　あの女を海へ叩き込め！」

「よせ！　よさんか！」

錯乱した水夫たちにむかって、村田は怒鳴った。

女を乗せたせいで嵐に襲われたなど、あまりにも愚昧な迷信である。開化の時代に人身《ひとみ》御供《ごくう》という野蛮な行為が許されるはずもなかった。

村田は懸命に説き伏せようとしたが、原始的な恐怖に囚《とら》われた者に理性の言葉は届かなかった。狂乱した水夫たちは海水の中でもがき、自分たちを縛りつける綱をほどこうとして暴れ、中には綱を嚙み切ろうとする者もいた。

最悪の状況であった。

村田は怒鳴りつづけた。

松藏は瞑目したまま微動だにしなかった。

藤田は、いつでも抜けるように、愛刀を引き寄せた。

「殺せ！　殺せ！　女を殺せぇぇぇっ！」

くふっ……ふふふ……。

お森は愉《たの》しげに笑う。

そのとき、波風がふたたび暴れはじめた。

非情な嵐は泡沫《うたかた》の眠りを破り、なにもかも――すべてを呑み尽くした。


嵐を抜けたのは、翌朝であった。

空は晴れ渡っていた。

弁才船は無力に漂っている。

帆は柱ごと消失し、舵《かじ》も流されてしまった。船体が半ば沈み込んでいるのは、大量の海水が中に流れ込んでいるからだ。木造船ゆえに、沈むことはなかったが、かろうじて浮いているだけであった。

海原が平穏なだけに、無残な姿が際立った。

生き残った者たちは、屋倉の上に乗っていた。水に浸かるのはうんざりだ。煮炊きもできずに餓《う》えるしかない。すっかり疲弊し尽くして、指一本動かすことも大儀であった。大の字になって、濡れた着物を乾かしている。

苛《か》烈《れつ》な太陽がじりじりと肌を焼く。

どこを漂っているのか、どこに流れ着くのか——。

興味を持つ者はいなかった。

永遠にも思える地獄の時間を経て、誰もが感情を干上がらせていたからだ。

「お、おい……！」

政府の軍艦らしき艦影を遠くに見つめたとき、水夫たちは生還の希望で胸を沸騰させ、涙ぐんで歓声を放った。

村田や藤田でさえ、不覚にも、安堵《あんど》で頬をゆるめていた。

†

「さて、彼らはよくやったというべきかね」

福地源一郎は、座敷で煮立った牛肉を突《つつ》きながら、独り言をつぶやいた。黒八の襟がついた袢纏《はんてん》という、いかにも戯作者ぶった格好をしている。

茅場町の牛鍋屋で、昼飯を一人で食べているのだ。

夏場の滋養摂取には、熱々の牛鍋が一番だ。これでたっぷり汗を流してから、氷で冷やした麦酒《ビール》を喉《のど》に流し込む瞬間がたまらない。

源一郎は、昼前に海軍の電信報告を受けとっていた。

昨日の未明、東艦が黒塗りの不審船と遭遇したものの、誰何《すいか》をかける前に探照灯を撃ち砕かれて見失っている。

村田たちは、狡猾《こうかつ》な狐《きつね》のように猟犬をまいてみせたのだ。

しかし、その後は嵐に突入したらしく、航行不能になって沖合を漂っているところを土佐の漁民に発見されていた。

その通報を受けて、海軍所属の〈雷電〉が彼らを捕獲したとのことだった。

「雷電かあ……うん、あれはいい船だよね」

全長四十二メートル。排水量三百七十トン。イギリス王家の快速遊覧船という出自にふさわしく、小柄に引き締まった優雅な木造蒸気船であった。

箱館湾の海戦では旧幕府軍の〈蟠竜《ばんりゅう》〉として勇敢に戦い、新政府軍の〈朝陽《ちょうよう》〉を轟沈《ごうちん》させた殊勲艦であったが、艦齢二十一年の老婦人だけに、東艦と同じく後方警備の任を与えられていたのだ。

「役者もそろえて、いよいよ芝居は大詰めだね。延々とつづいては客にも迷惑だ。そろそろ幕を下ろす準備をしておかなくては……」

源一郎は、咀嚼《そしゃく》した牛肉を熱い汁とともに胃へ流し込む。額を汗で光らせながらも、予定稿の確認に余念がなかった。新聞に掲載される予定の原稿を、前もって準備しているのだ。

こちらは文人だ。

文人には文人の兵法がある。

幕臣時代の源一郎は、数度の洋行が仇《あだ》となって疎まれ、上役への提言も〈開国論者で口の立つ軽薄才子《こ　ろう》の言〉として退けられていた。

幕府の固陋さにはうんざりしていたが、外交問題を盾に陰険な幕府苛《いじ》めをする薩長にも我慢できず、江戸開城後に発刊した〈江湖《こうこ》新聞〉では、徹底して幕府擁護の論陣を張ったことで、投獄の憂き目にも遭った。

公然と幕府に反抗した長州はまだよかった。

だが、味方のふりをして平然と裏切る薩摩への嫌悪感は今も根強い。

御一新後は、花街に出入りして憂さを晴らし、戯作の世界で遊び、東京三大学塾と謳《うた》われた〈日新舎〉を経営したりもした。

長州人の伊藤博文《いとうひろぶみ》に誘われて通商条約改正の使節団に参加し、大蔵省で国立銀行の設立に尽力したこともあった。

結局は大蔵省を辞して、新聞記者に転身した。

開化したばかりの日本において、新聞記者などは戯作者や貧乏書生などが就く仕事だと相場が決まっていたから本物の知識人の就任に世間は驚いたようだった。

〈人材の流動を阻害する身分制度は崩壊した。役人にしても、為政者にしても、個人の能力が重要なのであって、それが武士でなければならない理由はなくなった。国民一人一人が、自分たちで国を切り盛りしていく。興亡は自分たちにかかっている。主君のためではなく、国のために戦う。それが近代的な国民国家というものだ。自分たちの国だからだ〉

ただし、急激な価値観の転換に順応できる者は少ない。

国民への啓蒙《けいもう》が不可欠であった。

欧州を視察して、源一郎は新聞の効力に瞠目《どうもく》した。国民国家の要《かなめ》こそ、まさしくこれなのだと悟った。国家という幻想を創造し、拡散させ、定着させていく。使いようによっては、軍備に匹敵する新時代の力になるのだ。

東京日日新聞に入社後、読者に受けがいい反体制ではなく政府寄りの記事を書くことで支持を得た。御用新聞、政府のお味方新聞と揶揄《やゆ》されたところで、蚊に刺されたほどにも感じなかった。

西南戦争の記事は、読者の圧倒的な人気を博し、源一郎は得意の絶頂にあった。

〈これほど追いつめても、日本中が西郷の巨眼に脅えている。そこに鎮座しているだけで、

本人の意思にかかわらず甚大な影響を与える。台風の目のようなものさ。ある者は巻き込まれ、ある者はすすんで身を投げ出す〉

西郷は巨大になりすぎた。

たった一人の存在が、一国の命運を左右する化け物となっている。なんと迷惑な。化け物、妖怪のたぐいは、英雄によって討たれなければならない。それが古来からの習わしだ。

しかも、できるだけ華々しく……。

〈僕の筋書きにも英雄は必要だ。次の時代に移るためには、過去の亡霊を討たなければならない。しかし、誰が適役だ？　竹内は殺された。鈴木も死んだらしい。子供は除外だ。残念ながら、村田と藤田も失格だろう。すると……〉

源一郎は、松藏老人の正体を知っていた。

〈うん、出自といい、経歴といい、申し分のない駒《こま》だ。英雄の資格は充分に備わっている〉

戦況のほうも順調に進展していた。

七月二十四日。

都城の賊軍主力は、政府軍の総攻撃を受けて宮崎へ敗走した。

三十一日に宮崎も陥落。

本拠地の鹿児島は、政府軍の別動隊に制圧され、賊軍は敗走を繰り返しながら北上するしかなかった。

逃げ込んだ先の延岡では、各地で善戦していた遊撃部隊が集結しつつある。が、降伏や逃亡も続出して総兵力は三千にまで激減していた。

その一方で、政府軍は五万の大兵力を擁して賊軍を確実に包囲しつつあった。

そして、今日は八月十日だ。

政府軍の延岡集結は十四日と決定され、総攻撃は翌日にも決行されるであろう。

〈どちらにしても、僕の勝ちだ〉

武力ではなく、彼の筆先による勝利であった。

歴史は常に勝者のものだ。勝者の権限として、戦の正当化は思いのままになる。負けた側の主張は消去され、闇から闇へと葬り去られる。ならば、せいぜい新聞では華々しい散り際を演出してやればいい。

〈しかし、結局のところ……〉

虚《うつ》ろな疑念が胸をかすめた。

誰が勝つというのか？

自分か？　民衆か？　軍人か？　官僚か？

誰が？　誰が？

誰が……。

〈たしか……お森とかいったかな〉

源一郎の胸中に、松藏が連れてきた小娘のことが引っかかっていた。

島津久光公の配下にある山伏たちと繋がりがある娘らしく、源一郎が丹精込めて描いた筋書きになかった唯一の飛び込み演者である。

たいした影響はなかろうと思い、救出隊の参加を認めたが、一度意識してしまうと、なぜか小娘の存在が急速に膨張し、彼の精神を圧迫してきた。

〈なんでも、山人の娘だということだけどね〉

山人は、日本の先住民ではないかという説がある。

古代の戦で敗れた王朝の子孫、各時代の敗残兵、過酷な年貢に耐えかねた逃散農民や、凶事を引き起こして里にいられなくなり、山中を流れて暮らすしかなくなった者たちの末《まっ》裔《えい》ともいわれていた。

頭の中で、ある連想が水泡のように弾けた。

〈ああ、そういえば……村田たちが船で出航した和歌山の港は、神武東征での上陸地点の一つではなかったかな〉

古事記によると、大和王権の始祖である神武天皇は、日向の高千穂《たかちほ》から東征の軍を発したが、河内（大阪）で土地の豪族に撃退され、逃げ落ちた紀国（和歌山）で兄の五瀬命《いつせのみこと》を亡くしている。

その後、軍の再編を行った神武軍は迂回作戦によって熊野から侵攻すると、現地で献上された霊剣によって土地神の大熊を斬《き》り倒し、現在でも熊野大神の使者とされる八咫烏《やたがらす》を嚮導《きょうどう》役にして大和征服を果たしていた。

〈うん、これは……なにやら、妙な符丁が混ざってしまったようだね。断じて、僕の趣味ではない。これが筋書きに影響しなければいいんだけど……〉

疲労がたまっているのか、脳にまわるべき血が牛肉を消化するために胃袋へ集中しているせいか、文人の豊かな想像力が暴走した。

神武軍は瀬戸内海を通過したが、西郷救出隊は外洋を西へと航行した。

神話時代の侵攻を呪術行為として考えるならば、神武東征の進軍路を四国を挟んで逆にすすむことで、一種の呪術返しが機能してしまうのではないか……。

もちろん、これは他愛もない妄想でしかなかった。

だが、しかし——それでも——。

松藏から聞いた話では、山伏どもはお森を畏怖しているらしい。

女の身でありながら、鉄砲の名手でもあるらしい。

そして、西郷は維新の英雄である。

古代王朝の末裔が、現代の英雄を撃つとしたら……。

〈それは、忘れ去られた太古の神が、維新に浮かれている今の為政者に復讐をすることになってしまうのでは……〉

どこかの軒下で風鈴が鳴る。

源一郎は小さく震え、ひろげた手ぬぐいに汗まみれの顔を押しつけた。

†

八月十五日――。

政府軍五万は、延岡への進軍を開始した。

兵力差は十倍以上だ。

薩摩軍にすれば、正面から戦える数ではない。包囲殲滅《せんめつ》の愚を避けて延岡から撤退し、和田越の丘陵に砲三門を上げて決戦に臨んだ。

延岡から北方に追撃した政府軍は、沼地に足をとられ、高所から撃ち下ろされる銃弾に苦しめられた。薩摩軍は、西郷が初めて陣頭指揮に立ったことで士気天を衝《つ》き、勇猛果敢な斬り込みをかけて敵に痛打を与えた。

だが、政府軍も田原坂で教訓を得ている。

砲の支援で敵陣を攻め削り、海軍の艦も筒先をそろえて海から砲撃する。大量の土砂が跳ね散らされ、次々と堡塁《ほうるい》を粉砕していく。

からりとした晴天のもと、黒煙と血しぶきが戦場をおおった。

才知ある者……武に長《た》けた者……。

死の前では、すべてが平等だ。

人の思い入れなど関係なく、神は一切合切の御霊を連れ去っていった。

七章　聖域

五郎と村田は、さる屋敷の納戸に監禁されていた。

政府の軍艦に救出されたとき、なぜか老人と小娘と少年とは引き離された。その後、艦内でしばらく留め置かれてから、なにかと面倒になったのか、彼らは九州の東沿岸のどこかで降ろされたのだ。

「旅は終りだ。いやはや、お疲れさん」

五郎は、ぷかり、と煙を吐いた。

眼《め》を細め、煙草《タバコ》がもたらす酩酊《めいてい》を楽しむ。

漆喰《しっくい》の壁にもたれかかり、爪先《つまさき》で床板をこづく。安定した足場が、これほどありがたいものとは思わなかった。

それは村田も同感の様子で、すっかり放心の態で床板に寝転がり、手に持った舶来の懐中時計をぼんやりと眺めている。

海の水に浸かって錆びたのか、動かなくなってしまったらしい。水洗いして、油も差していたが、やはり時を刻む針は止まったままだった。

「いまさらだが……」

ぷかり、と煙を吐く。

小窓から陽《ひ》が差し込んで、埃《ほこり》を輝かせていた。そろそろ昼に近い。気温は上昇をつづけ、不快な湿気が充満していくが、外にいるよりはましだった。

「おれの役目を説明しておこう。うちの親分――川路大警視から受けた命令は、西郷の暗殺阻止だ。それは大久保卿の意向でもある」

村田の反応はなかった。

無理もない、と五郎は思う。

西郷を救出するどころか、暗殺者にすらなれなかったのだ。

もはや、なにも残っていない。

村田は、がらんどうの男だった。

五郎は先をつづける。

「発端は、西郷が担がれて蜂起し、大久保卿が救出を企んだところからだな。萩の乱では前原一誠を処刑したが、さすがに大久保卿も朋友《ほうゆう》・西郷を殺すにはしのびなかったらしい。必死に助命の道を探っていたようだ。勝海舟にも説得工作を依頼して断られ……大久保卿は、少数精鋭の部隊で潜入して西郷を連れ去ろうという無謀な作戦を考えた」

なぜこんなことを説明するのか……。

五郎は、我ながら不思議だった。

お互い、政府という巨大機関の末端で動く歯車にすぎないただ自分の仕事をしただけで、わざわざ裏の事情を教える必要も義理もないのだ。

ともに乗り越えた苦難が、安っぽい同志気分を生じさせたのか……。

〈あるいは、鉄砲のことしか頭にない陸軍少佐が、非情な陰謀劇に翻弄されている姿に憐《あわ》れを催したのか……〉

どうせ監禁中では他に話題もないのだ。

「ただし、大久保卿とはいえ、表立って動くわけにもいかない。そこで木戸孝允に委任することにしたが、鶴岡の三人を呼び寄せたところで木戸は病没だ。で、この計画を引き継いだのが、あんたの親分——山県有朋だ」

五郎は、皮肉な笑みを抑え切れなかった。

「ところが、山県としては、西郷に死んでもらいたかった。ふん、陸軍ではさんざん西郷の後ろ盾を利用して、五年前に公金横領事件の絡みで失脚したときも、西郷に助けてもらったくせにな」

いや、だからこそだ。

権勢欲の塊である山県は、自分の弱みを握る西郷が目障りでしかたがなかった。西郷さえ始末できれば、陸軍を長州閥で支配することができる。一石二鳥の妙案だと躍り上がったことだろう。

「そして、あんたを救出隊に加えさせた。もちろん、因果を含ませて西郷を暗殺するためにだ。山県は、あんたが命令に従うしかないと思っている。西郷が鹿児島にひきこもってからは、山県こそが小銃開発の後ろ盾になったんだからな。密命を拒否すればどうなるか……まあ、東京に残った薩摩人の辛《つら》いところだな」

山県は、小銃開発も長州閥に任せたいはずだが、残念ながら適任者がいない。それほど村田の経験と知識は貴重なものであった。

だが、自分に逆らうとなれば、村田を放逐することはできる。小銃など自国で開発しなくても、外国の小銃を購入すればいいのだ。

「しかし、あんたに西郷を暗殺する気はないようだな」

いくら鉄砲の腕に優れ、有能な野戦指揮官であったとしても、村田は暗殺者に必要な資質に欠けていた。

「福地もそれは見抜いていた。あんたは山県の命令に従わない。だから、福地は山県の意を酌んだふりをして、独自に刺客を紛れ込ませた」

「……なぜだ？」

おや、と五郎は思った。

「西郷を殺す理由か？　いまさら恨みもないだろうが、どうせ死ぬことは決まっている。だから、それをどう利用するかってことなんだろうぜ。おれの同僚が福地の書き損じた草稿をいくつか入手している。戦も終っていないってのに呆《あき》れたもんだが……西郷と薩摩軍の最期を華々しく書いた記事だったよ」

「誰が西郷さんを殺すことになっていた？」

「元長岡藩の爺《じい》さんだ」

「松藏さんか……」

「それも偽の名だがな」

「偽の？」

「本物の松藏は、もっと若い男だ。ただ、あんたに爺さんの正体を教えたところで、信じるかどうか……。ついでに、誰が送り込んだのかもわかってる」

「……久光公」

村田の返答に、五郎は眼を細めた。

「あんたも気づいてたのか」

「ああ……それほどまで、恨んでおられたか……」

村田は痛ましげに眼を閉じた。

五郎は話をつづける。

「討伐軍が鹿児島を制圧したとき、久光公は山県に密使を飛ばしたようだが、それを仲介したのは福地だ。その後、久光公は、案内役と称して、あの二人を送ってきた」

福地源一郎など、諸葛孔明《しよかつこうめい》気取りの売文屋だと最初は五郎も侮っていたが、なかなかの策略家だと今では認めるしかなかった。

書き損じの草稿を、ただ丸めて捨てるという素人の甘さはあるにしても……。

「今回、おれたちの経路を決定したのも福地だ。途中で暗殺に邪魔な者を見極めて、排除するつもりだったんだろう。〈甲鉄〉があそこにいたのは偶然じゃないぜ。最初から、おれたちは捕獲される予定だったんだ」

おそらく、〈西郷救出の密勅〉という大嘘《おおうそ》を陸奥に吹き込んだのも福地だろう。

福地が政府の使節団に混ざって渡米したとき、当時役人であった陸奥と日本が将来とるべき政体について論争し、意気投合したという情報を五郎は聞いていた。

「だが、鈴木さんは……なぜ裏切った？」

「ああ、これは推測だが……」

五郎は溜《た》め息《いき》を漏らした。

「鈴木は、おれたちが西郷を暗殺するつもりだと、松藏爺さんに吹き込まれたんだろう。考えようによっては、あの男が一番哀れだったのかもな。ほれ、船の甲板であんたに鈴木が長州人だと話したとき、たぶんあの爺さんは盗み聞きしてたのさ」

推測も混ざっているが、かなり正解に近いはずだ。

広瀬がどこに連れていかれたのかは知らなかったが、とくに心配はしていなかった。少年の役割は、海上での案内人でしかない。いまさら殺して得をする者はいないのだ。

だから、これで終了だった。

憎き悪玉を倒して大団円という講談の世界ではない。それぞれの思惑が絡み、感情や利益が衝突し、その結果、無駄に状況が複雑になっていただけのことだ。倒すべき敵など最初から存在していないのだ。

どうしても解決したいとあれば、この件に関《かか》わった者を皆殺しにするしかないが、それは五郎の仕事ではなかった。

役が終れば、退場するしかない。

そして、次の仕事にむかうだけであった。

「おそらく、おれたちは二日か三日で解放される。どうってこともないだろう。福地の筋書きがどうあれ、結末に変わりはない。西郷は死ぬ。あとは東京に戻るだけだ。船旅はうんざりだから、温泉巡りでもしながら――」

「脱出しなくてはならん」

「ああ？」

五郎は意表を突かれた。

村田は身を起こし、壊れた懐中時計を軍衣の懐にしまった。

「追いかけねばならん」

おそらく、松藏とお森のことだろう。

村田の眼が炯《けい》と光っている。

「本気か？」

五郎はかぶりをふる。

「わからんな。あんたの戦は、もう終ってるはずだ。素直に東京へ戻ればいいじゃないか。

下手なことをすれば、山県の不興を買って、あんたが西郷を見捨ててまで固執した小銃開発から外されることだって考えられるんだぜ」

そして、子飼いの有坂成章を村田の後継に据える。

山県は、村田の試作小銃を〈村田銃〉と呼んだ。ならば、有坂が開発したものは、〈有坂銃〉とでも呼ばれるのであろう。

「工廠《こうしょう》を追い出されても、民間の鍛冶屋《かじや》で鉄砲は作れる。だが、おいより鉄砲に詳しい者はおらん。少なくとも開発のメドがつくまで、たとえ山県卿であっても、おいを追放することはできん」

「まあ、そうかもしれんがね」

五郎は呆れた。

愚鈍を装っても、したたかに考え抜いている。

これだから薩摩人というのは……。

「このままでは、安心して研究に没頭できん。忘れ物がある。それをとりにいかなければならんのだ」

「なるほど……」

五郎はうなずいたが、村田の真意を理解したわけではなかった。

〈薩摩人は、昔からよくわからねえが……こいつは極め付きだ〉

ただの意地っ張りならわかる。

見栄や金で動く者は腐るほどいる。つまらない喧嘩《けんか》で頭に血を昇らせて斬《き》り死にする侍も数え切れないほど見てきた。

ところが、薩摩人は、意味もなく死と同衾《どうきん》するのだ。死に損なって安堵《あんど》するわけでもなく、かといって残念がるでもなく、すべての言動が死を前提として、遊廓にでもいくように黄泉路《よみじ》を下っていこうとする。

「で、西郷を助けにいくのか？」

「ちがう」

「ちがうのかよ」

「お森を止める」

「小娘を？　爺さんのほうじゃねえのか」

「西郷さんを撃つのはお森だ」

「あ？　まあ、たしかに腕はよかったが……」

「おいの教え子の娘かもしれん」

「なんだと？」

五郎は本気で驚いた。

「――おはら節だ」

村田はうめくようにつぶやいた。

「鉄砲を教えた者の中に、おはら節が好きな若者《にせ》がおった。この肩を撃たれたとき、その唄《うた》を聞いた気がした。最初はあの若者かと思ったが……おいを撃ったのはお森だ。間違いなか」

「ふん……」

五郎は半信半疑だった。

斬り殺された死体ならば、その切断面は重要な手がかりとなる。流派、利き腕、背丈や性格まで雄弁に語ってくれる。

だが、銃創で同じことができるとは聞いたことがない。それとも、その道の達人ならば目利きが可能なのだろうか……。

「だから、まだおいの戦は終っとらん。止めなければならん。おいが止めてやらねばならんのだ。西郷さんも大久保さんも関係なか」

「つまり、撃たれたことを気にしてるのか？　よくあることだろう。鉄砲で負けたから、仕返しでもしたいのかね？」

「勝つだの負けるだの、くだらんことだ。すべては戦の習いだ。ただ、お森のことだけは別だ。あれは――化け物だ」

「まったくわからん」

五郎は素直に認めた。

こん、ここん。

誰かが床下をたたいた。

とっくに気配で気づいていたのか、村田に驚いた様子はない。

「とにかく、それがあんたの忘れ物なんだな?」

「そうだ」

「わかった。いいさ。しょうがねえ。おれも付きあってやるよ」

とんとん、と五郎が爪先で床をこづくと、待っていたように床板の一部が外れ落ちて、にやけた眼が覗《のぞ》き込んできた。

「よう、犬の警部補殿」

同僚の古閑膽次だ。

「遅かったな、犬の朋友」

にやり、と五郎も笑った。

†

経芳と藤田が監禁されていた納戸は、延岡の外れにあった。

屋敷の主人は郊外に避難し、見張り役も近所の農民であった。身近に迫る戦禍に脅えていることもあって、買収は簡単であったらしい。

古閑という密偵は、休む間もなく鹿児島へ去っていった。せわしい男である。別れ際に教えてくれた情報によれば、和田越で敗北した賊軍は、さらに北へ逃げ落ちたということであった。

叛乱軍の敗北は決定的になった。夢の時間は終った。弾薬も食料も尽きている。西郷は陸軍大将の衣を焼き捨て、軍の解散を宣言したという。

これで各地から集結した不平士族は投降するかもしれないが、鹿児島の兵児《へこ》は西郷さえ生きていれば、なんとしてでも包囲網を食い破ろうとするだろう。

だが、南から政府軍の主力がひたひたと押し寄せ、北は熊本鎮台と警視隊が封鎖している。東には北川が流れ、西は可愛岳《えのたけ》の峻険《しゅんけん》がそびえている。

袋の鼠《ねずみ》であった。

〈ならば……〉

動くとすれば、戦勝で政府軍が油断している今夜だ。突破不可能に見えるからこそ、剽《ひょう》悍《かん》な薩摩兵児はあえて可愛岳を脱走経路に選ぶだろう。

そして、そこには松藏老人と小娘が待ち伏せしているはずだった。

藤田と協議して、薩軍の先まわりをすることに決めた。

軍衣姿とはいえ、この場にいるはずがない二人だ。とくに経芳は上層部に顔を知られている。薩軍が東から可愛岳を目指すのであれば、こちらは手前の長尾山から入り、尾根を伝って北上するしかなかった。

兵糧は、古閑が一食分だけ用意してくれていた。

武器は没収されていたが、経芳は敗走する薩軍が破棄した旧式小銃を拾い、藤田も薩人の遺体から拝借した胴田貫を腰に差している。

長尾山の途中で、とっぷりと夜になった。

隠密行だ。灯は使えない。

闇の中では、もどかしいほど慎重にすすむしかない。あらゆる感覚が鋭敏になり、妄念が牙《きば》を剝《む》いて襲いかかってきた。

灯もなければ山道で迷子になるだけだ。愚かだ。たった一キロ歩くだけでも何時間もかかる。どれだけ歩いたところで、山頂にはたどり着くまい。貴様はどこにもたどり着けない。本当に小娘を撃つのか。それとも西郷を撃つのか。無駄だ無駄だ。どちらにしろ、他人に利用されるだけの哀れな男。鉄砲莫迦《ばか》。裏切り者の薩摩人。遠回りしただけで、どこにも到達できなかった。今までの苦労はなんであったのか……。

だが、それさえも――。

しだいにどうでもよくなっていく。

水の流れる音。川だ。これを越えれば可愛岳に踏み入る。

すすめ。すすめ。

導かれるように、足が勝手に動く。

ここは聖域なのだ。

山とは、神に抱かれる場所なのだ。

身体《からだ》の芯《しん》が熱かった。

足を踏み出すたびに、あれほど荒れ狂っていた妄念は虚空に溶けていく。経芳は無心になっていく。

久方で、全身に活力がみなぎっていた。

†

松藏は、可愛岳で一人黎明《れいめい》を待っていた。

お森と広瀬は頂にいるはずだ。

鈴木が死んだとき、少年の魂は四散したようだった。老人としては、村田たちといっしょに置いていきたかったが、なぜかお森が少年に執着した。いっしょに連れていくしかなく、この数日間は二人で山頂にこもりっきりであった。

だから、老人は単独で西郷を狙《ねら》うために動いたのだ。

お森には、こちらの都合などまったく関係がなかった。政府も眼中になく、日本人という意識すらない。

奇妙な娘だった。

十八年前、彼は諸国への見聞を深めるために九州を旅したことがある。鹿児島の入国許可は得られなかったが、薩摩藩と繫《つな》がりのある山伏と知己を得ることができた。帰国後は、その山伏を頼って、久光公に接近したのだ。

年始に薩摩軍が蜂起してからは、山伏を道案内に借りて、付かず離れず追跡した。久光公の意向もあり、隙あらば西郷を撃つためであった。

お森と出会ったのは、熊本の山中であった。

裸同然の小娘が、古びた洋銃を持っていた。薩摩軍にしろ、政府軍にしろ、見境なく狙《そ》撃《げき》していた。前込め式で、銃腔《じゅうこう》に旋条すらない骨董品《こっとうひん》で、驚異的な命中率であった。嬉々《きき》として撃っていた。

この世のモノとは思えない光景であった。

狂女にしか見えなかったが、知性の成熟が遅れているわけではない。自分から話すことはなくても、こちらの言葉は理解しているようだった。

〈山人の娘か？〉

あのとき、老人は山伏に問うたのだ。

〈否……あれは、人の子ではない〉

その言葉を聞いて、老人は戦慄《せんりつ》した。

〈羅睺《らご》……凶兆の星……〉

山伏は、怖れをふり払うようにかぶりをふった。

羅睺とは、古来より日蝕《にっしょく》を起こすと信じられている魔神のことだ。青牛に乗り、両手に日月を捧《ささ》げ、恐ろしい憤怒の顔をしているという。

そうだ。

山人ならば、見境なく里の者を襲うことはない。

楽しみのために殺害することはない。

それでも、老人は彼女を連れていくことにした。

お森と名付けて――。

あの娘は、古代の朝廷に駆逐されたまつろわぬ神々により、今の日本に復讐させるために遣わされたかのような恐ろしい狩人であった。

ならば、太古の巫女《みこ》であるのかもしれない。

一方で、老人は、滅びた幕府の怨霊である。

これほどふさわしい道連れはないではないか――。

老人は濡《ぬ》れた犬のように身震いした。

南国の猛暑も、さすがに盛りをすぎている。ましてや、高度七百メートルを超える尾根は、老骨が軋《きし》むほど寒く、革の上着だけが頼りであった。

だが、震えているのは、寒さのせいではなかった。むしろ、身体の芯は熱い。

『あれは日の本の裏切り者だ。必ず……なんとしてでも殺してもらいたい。よいな？　そなたならば、わしの気持ちもよくわかるはずだ』

島津久光公は、老人の手をとってそう懇願した。

わかるとも。

久光公の双眸《そうぼう》に灯った妄執は、まさしく老人と同じ業火の炎であった。

〈やっと……わしの戦も終る……〉

その思いが、老いた身を昂《たか》ぶらせていた。

吉原の揚屋で極上の花魁《おいらん》を待つ若武者の心地だ。高揚感を抑え切れない。頰《ほお》が火照り、肉がわななき、血潮が沸き立っていた。

老人は、和田越の戦の一部始終を観《み》ていた。

嗤《わら》った。山県を。

あいもかわらず、大兵力に頼るだけの戦術だ。

嗤った。西郷を。

最愛の主を失ってから、幾度も自死を試みてはしくじっている男だ。ともに入水した僧《そう》侶《りょ》が死に、自分だけ生き残って生き恥もさらした。この絶好の死地に至っても、ついに自決を果たせなかった腰抜けだった。

嗤った。自分自身を。

〈死者でありながら、いつまで現世を呪《のろ》うのか……〉

松藏――河井継之助は、みずからを嗤った。

†

お森に父親の記憶はなかった。

物心ついたときから、母親と山の中を流れていた。棲《す》む場所は定めていなかった。ほどよい岩陰や洞穴があれば、そこで雨風をしのいで寝た。服が手に入れば着たが、なければ裸のままで平気だった。

水のぬくもりを追って、川沿いに移動した。季節によっては、上流へ遡《さかのぼ》ったり、下流を目指したり。腹が減れば、木の実を見つけて食べた。川で魚を獲《と》ったり、蛇や蛙《かえる》でもかまわず口に放《ほう》り込んだ。

そうやって、ずっと生きてきたのだ。

「ああ……や、やめ……」

若い雄が、苦しげな吐息を漏らした。

くっ、くくっ……。

お森の喉《のど》が淫《みだ》らに鳴る。

夜空が近い。

見慣れた星空だ。

夜気に鉄と火薬の甘い匂《にお》いが混ざっていた。山中に獣たちの殺気がみなぎっている。こんな夜は、どうしようもなく雄と交わりたくなる。

彼女の母親もそうだった。

ずいぶん前のことだ。

その年の冬は、寒さが厳しかった。彼女と母は里の近くに長居していた。里の言葉はわかる。夜中に畑から野菜を盗むこともあれば、母親が竹細工を編んで食べ物と交換してもらうこともあった。

川の水に春が混ざり、もう少し暖かくなったら、また山を流れるつもりだった。が、母親が里の男を拾ってきたおかげで、山に戻るのが遅くなってしまった。

母親と男は、川縁の洞穴で交わった。

娘の前でも平然と交わった。

自然の営みだ。なにを恥じることがあろう。幼かった彼女も気にすることなく、二人の交わりを興味深く眺めていた。

彼女は、里の男が持ち込んだ鉄砲に激しい興味を持った。鉄の筒先が火を噴き、空を旋回する鳥を射落としたときは、身体の奥底が熱くなるのを感じた。

里の男は、お森の執着に気づいた。鉄砲の操作を教えてくれた。

お森は夢中になった。

鉄の冷たさが好ましかった。猛々《たけだけ》しい銃声が好ましかった。力強い反動も好ましく、大きな獲物も撃ち倒す威力も好ましかった。

幾年も、そんな具合に三人は生きていた。

やがて――。

大きな戦がはじまった。鉄砲を持った男たちが山に踏み入り、母親は流れ弾をもらって死んだ。すっかり山の者になっていた男は怒り狂い、侵入者を次々と撃ち殺したが、最後は数で押し囲まれて撃ち殺された。

娘は一人になった。

人は死ぬ。骸《むくろ》になる。

哀《かな》しいことではない。

ただ還るだけだ。

いつか、自分もそこにいくのだ。

とはいえ——。

〈里は愉《たの》しいことでいっぱいだ〉

お森は、うっとりと微笑《ほほえ》んだ。

マツゾウについてきてよかった。獲物ではない。友達でもない。まだ生きているのに、すでに死んでいるかのような老人であった。

不思議な乗り物の中で、さっそく面白いものを見つけた。

ムラタという男だった。

獲物の顔は、すべて覚えている。驚いた。嬉しかった。彼女が放った弾を受ければ、たいていは死んでしまう。生きているのであれば、また撃つこともできよう。それとも、撃ってはいけないんだったろうか……。

フジタという男は、血と鉄の匂いがした。

道中で、少しからかってみたが、あれは里の獣だ。煮ても焼いても食えそうにはなく、あまり興味はそそられなかった。

マツゾウは、サイゴという男を狙っているらしい。お森も遠くから見たことがあったが、丸々と肥った大柄の雄で、たしかに美味《おい》しそうな獲物だった。

だが、そのとき彼女は戦慄していた。

初めて強い警戒心を抱き、嫌悪に近い感情を味わった。

あの雄が怖いのか？

ちがう。人に、恐怖を感じたことなどはない。

敵意。

ああ、これだ……。

あの雄は、自分の敵にちがいない。

殺すべき雄であった。

本能的に、それを察していた。

しかし、サイゴには、なぜか近寄れなかった。

人を撃つことなど簡単なことだ。なのに、あの眼が！　巨大な眼が！　なにもかも吸い込んでしまいそうで、彼女の身体は厳冬に裸で放り出されたように縮こまり、どうしても足がすくんでしまうのだ。

これが、恐怖……。

なのかもしれない。

やはり、怖いのか。

敵だから。殺すべき獲物だから。獲物。そうではないのか。もしかしたら、獲物ではないから、自分は恐れてしまったのか……。

ならば、是が非でも殺さなくてはならない。

どちらが獲物なのか、決着をつけなくてはならなかった。

だから、この山に登った。好ましい若い雄を連れ込んだ。この山は好ましい。居心地がよく、彼女に甘い蜜のような力を与えてくれる。そうだ。もっと力がいる。あの巨眼を撃つための圧倒的な力が……。

そのために、若い雄とまぐわうのだ。

母は強かった。

どれほど厳しい季節でも、小さなお森を守って生き抜いた。父とまぐわったからだろう。里の男とまぐわったからだろう。雄を喰らうのだ。貪欲に尻をふりたくり、歓喜の雄叫びをあげるのだ。

「あっ……あっ……」

若い雄は、お森に組み敷かれて泣いていた。

滑らかな頰。引き締まった腰。瑞々《みずみず》しく肉が張りつめた尻。なにもかも愛《いと》しかった。どうしていいのかわからないくらいに……。

柔い首筋に歯を立て、彼女の手は雄の下半身をまさぐった。欲情で潤った中心を貫くためにこわばり、熱く脈打っているはずのものは——。

萎《しお》れていた。

咲きそこねた朝顔のように……。

†

五郎は闇の中を這《は》っていた。

味方とはいえ、政府軍と遭遇するわけにもいかず、地元の猟師でも通らない経路に挑戦しなければならなかった。尖《とが》った岩が靴を破り、湧水《ゆうすい》が足を滑らせる。精神的な疲労は日中の比ではない。

無謀な強行軍といえた。

五郎にしても、会津の山中で夜戦を経験し、北の僻地《へきち》で辛酸を嘗《な》めてもいた。が、生れたときから都の暮らしに馴染《なじ》んでいるのだ。

闇を怖れたことはない。

夜になれば、どこでも暗くなるものだ。

江戸にしろ、京にしろ、どこで白刃が襲いかかってくるかわからない仕事をしていた。部屋の中であれば、どこになにがあるのか覚えておればいい。戦うときに邪魔にならなければいいのだ。

しかし、この闇は肝が縮むほど怖かった。すっかり忘れていた虫歯が疼《うず》き、楊枝《ようじ》で執拗《しつよう》になぶられているような――。

〈まったく、呆れ果てた薩摩人だ〉

村田がいなければ、とっくに遭難していただろう。

真っ暗闇で、頼みの月明かりは木々に遮られている。どうやって方位を確認しているのか、薩摩人の足は道なき道を踏みしめていく。

大阪の駅前で見かけた、くたびれた犬のような男と同じ人物とは信じられないほど総身に精気をみなぎらせている。

山に入ってから、さらにそれははなはだしかった。

五郎は、ついていくだけで精いっぱいである。

しかし、村田に合わせれば、不思議と慣れない山道を歩くことができた。闇に馴染み、呼吸さえ一つになっていく。

五郎も一匹の獣として、山中を彷徨《さまよ》った。

岩場を這い登っていき、ようやく斜面が終わって一息つくと、次の難関が蒼《あお》い月明かりに照らし出されていた。

「おい……」

五郎は喉の奥でうなった。

岩壁が行く手に立ちふさがっていたのだ。

「まさか、登るのか?」

「登る」

高さで二十メートルはあるだろうか。

落下すれば、頭が砕け、首の骨が折れること必定だ。

正気とは思えない。

「なあ、どうだい……このへんで引き返すってのは? あるいは、このへんで朝を待つってのは? だいたい、こっちに西郷がくるなんて、あんたの推測でしかないんだ。あの小娘だって——」

「いやなら、ここで待ってればよか」

とりつく島もなかった。

「だが、おはんは……おいの護衛が本当のお役目ではないのか?」

「おや、知ってたのか」

「鈴木さんが撃たれたとき、おはんは、さりげなく松藏さんとおいの射線を遮っておった。それを何度もやられれば、莫迦でも気づく」

「大久保卿が心配してるんだよ。あんたは日本に必要な宝だとな。じつのところ、おれもそう思いはじめてるところさ」

「……余計なお世話だ」

小銃を背負い直し、村田は崖《がけ》を登りはじめた。

五郎にとって、これで隠し事はなくなった。さっぱりした気分だ。なんとなく愉快になって、その厚い背中に声をかけた。

「おい、村田先生よ。戊辰の戦で、なにが悔しかったかって、わかるかい？　死ぬのはしかたない。だがよ、異国の鉄砲に異国の弾だ。それがやりきれねえ。せめて、おれは日本人が造った武器で死にてえんだよ。腹を斬るにしたって、異国の刀じゃ死にきれねえ。だから……はやく日本の小銃を完成させてくれ……」

我ながら妙な理屈だった。

小銃は小銃。弾は弾だ。しょせん、人を殺すための武器にすぎないというのに、なぜこんな益体もないことを口にしてしまったのか――。

山の精気に酔ったとしか思えなかった。

しかし――。

頭上を登っていく村田から、ふっ、と笑った気配を感じた。

尻に笑われたような気分だ。

「ふん……好きに笑いやがれ」

五郎も刀を腰の後ろにまわすと、切り立った岩壁に挑みはじめた。こうなれば、とことん付き合ってやろう。

撃剣で鍛えた手で岩を摑《つか》み、足を置くところは何度も確認する。村田の真似《まね》をして、必ず三ヶ所で自重を支え、一ヶ所ずつ丁寧に手足を移動させていった。岩壁はしっかりしていて、手がかり足がかりに苦労はない。月の光にも助けられている。なんとかいけそうであった。

半分ほど登ったところで、傾斜は垂直に近くなっていた。しかも、大岩が飛び出ている。回り込むしかなかった。

村田は、五郎が追いつくのを待っていた。顎《あご》をしゃくり、先にいけと五郎をうながす。逆らう理由はない。そんな余裕もなかった。村田の横をすり抜けて、大岩を回避しながら足がかりを探った。

五郎の爪先が空を切った。

月光が生み出す濃い影に惑わされて、そこに足場があると錯覚したのだ。身体が沈み、片手に重みがかかりすぎた。指が岩肌から剝《は》がれそうになる。

そのとき、村田の手が伸びて五郎の腰を摑んでくれなければ、真っ逆さまに転げ落ちていたかもしれない。

〈護衛が助けられてどうする?〉

苦笑する間もなく、五郎の体重に引っ張られて、今度は村田の身体が泳いだ。

とっさに、五郎は宙に浮いていた爪先で足場を確保し、村田を肩で押し返すようにして支えた。危ないところだった。

五郎の背中は冷や汗でびっしょりと濡れている。村田の口元も心なしか引きつっているように見えた。

五郎は先に大岩の横をすり抜けた。二人は顔を見合わせ、ふん、と鼻先で笑いあった。

すぐに村田もつづき、五郎と肩を並べてきた。

急ぐ必要はない。

着実に登りながら、五郎は村田と呼吸を合わせた。村田も五郎に合わせてくれている。好むと好まないとにかかわらず、互いの存在が命綱なのだ。

岩壁を登りつめると、木々のまばらな斜面がひろがっていた。

なんてことはない。

あとは物見遊山のようなものであった。

†

ごぼ、と誰かが咳《せ》き込んだ。

和田越の戦闘で負傷したのだろう。

ごぼ、ごぼり、と。

血の塊でも吐くように苦しげだった。

老人が潜んでいる場所は、山肌から突き出た花崗岩《かこうがん》の上だった。下方には、薩摩人を中心とする六百名がひしめいている。

反対側の稜線《りょうせん》を越えた先では、官軍の天幕が並んでいるはずだ。すでに賊軍は壊滅し、あとは蚤《のみ》のように押し潰《つぶ》すだけだと楽観している。山岳を夜間突破するとは予想もせず、愚かにも哨戒線《しょうかいせん》すら張っていなかった。

薩摩兵は、夜明けを待って急襲するつもりなのだ。

老人にとっても好機である。

和田越では、西郷に接近することすら難しかった。

今ならば、西郷の太い息さえ感じられそうな距離だ。

〈大西郷の命を王陽明《おうようめい》へ捧げよう〉

王陽明は、明時代中国の儒学者である。机上で理をこねまわすだけの朱子学に飽き足らず、日常で実践を通してこその理であると喝破した偉人だ。

朱子学は武士の根底を支えてきた。人の性は悪である。なればこそ、理によって矯正《きょうせい》しなくてはならない。自分の仕事に邁進《まいしん》せよ。余計なことは考えるな。おのおのが全力を尽くせ。されば、国は栄え、太平の世がつづく。

陽明学は、それに異議を唱える。人の性は善である。ならば、なぜ人は悪を為《な》すのか。世俗の塵《ちり》によって心が曇るからだ。ならば、理によって心の塵をはらい、正しい心と正しい行動を一致させななければならない。

ならば――。

心の塵をはらえ。

そして、行動せよ。

老人は陽明学の徒であった。十七歳のとき、鶏の血を捧げて王陽明を祀《まつ》り、藩を支える名臣になることを誓っていた。

西郷も王陽明を信奉し、幕府に叛旗をひるがえした。西洋の脅威を前にして、組織が硬直した古い国では対応できない。神州全土を戦の炎でまんべんなく焼き尽くし、焦土から力強く再生する新しい日本を夢見たのだ。

老人の口元が、笑う蛙《かえる》のようにゆがんだ。

この可愛岳は、古代から信仰されている聖域である。頂には霊石と祠《ほこら》があり、天孫の御陵墓だという伝承が残っていた。

これほど生《い》け贄《にえ》を捧げるにふさわしい場所はなかった。

西郷よ！　大西郷よ！

死者の慟哭《どうこく》を聞け！

河井継之助は、長岡城を奪還した戦闘で、左足の膝下に銃弾を受けた。

夏の盛りだ。傷口は膿《う》みやすく、鉛弾の毒が肉体を蝕《むしば》む。陣中では充分な手当てもできず、みるみる病状は悪化した。指揮官として役立たずとなり、戸板に乗せられて会津へ落ち延びることになった。

〈八十里、腰抜け武士の越す峠〉

声に出さず、彼は寂寥《せきりょう》とともにつぶやいた。

忘れもしない九年前の八月十五日だ。

恥辱にまみれて会津塩沢まで落ち延びた。

療養中の医師宅で死を覚悟するや、従僕の松蔵を呼びつけ、火葬と骨箱の準備を命じた。

松蔵は泣いた。泣きながら、丹精込めて骨箱を作り上げた。継之助はその出来栄えに満足した。松蔵は、まだ泣いていた。継之助は叱《しか》り飛ばした。主の死を見届けるのも従僕の役目ではないか！

主の死。

そのとき、継之助は愕然《がくぜん》としたのだ。

彼の主は、牧野家の殿様である。長岡藩は滅びるにしても、殿様の行く末を見届けずに、なんの忠孝か……。

無念だった。口惜《くや》しかった。

彼が戦線を離れなければ、負傷さえしなければ、長岡兵の士気が崩れることはなかった。

それどころか、逆転の秘策もあった。

長岡城の奪還後、逃げた新政府軍を追撃し、さんざんに蹴散《けち》らす。それで最終的な勝利を得られると思ったわけではない。少しでも時間を稼ぎ、冬の到来を待つためだ。そして、西郷を待つ。西郷であれば、あの大西郷にならば――。

〈武士の誇りを持って降れたやもしれぬ〉

　庄内藩士のように……。

　北越戦線で味方の苦境を知った西郷は、みずから援軍を率いるつもりであった。が、長州最強の軍略家・大村益次郎がそれを許可せず、しかたなく鹿児島へ戻って私兵を募ったのち、ようやく北越へむかったが――すでに戦闘は終結していた。

　時の運だ。

　誰を恨む筋合いでもない。

　だが……。

　ただ、時が――時代がすぎていった。彼は乗り遅れた。越せなかった。くつがえせなかった。許されるかぎりの力をふり絞り、荒ぶる天の龍《りゅう》を御しようとして、あえなくふり落とされてしまった。

　異国の大陸で、長岡藩が消滅したと聞いた。

　老人は母国に舞い戻る決心をした。

　最後の藩主であり、長岡藩知事に就いていた牧野忠毅《ただかつ》は、廃藩置県に先立って藩知事を辞任しており、家臣と共に江戸に上ったという。慶應義塾に入学し、福澤諭吉《ふくざわゆきち》らの斡旋《あっせん》で東京在住番所参人となっていたが、それも二年前に隠居し、実父の忠恭《ただゆき》に家督を譲っているらしい。

　それを知ったとき、安堵《あんど》とともに奇妙な喪失感に襲われた。

心残りはなくなった。心の張りもなくなった。

プロシア商人を称するスネルの船に密航して日本を脱したとき、彼は長岡藩の軍資金も持ち出した。それを返還しようにも、思わぬ大金が政府の猜疑心《さいぎしん》を刺激するやもしれず、かえって迷惑をこうむるだろう。

なんのために帰ってきたのか。

なんのために生き延びたのか。

答えよ、西郷！　大西郷よ！

〈なぜ北越の戦に届かなかったのか……！〉

八章　鬼の宴　神々の凱旋

闇《やみ》が薄れていく。

夜明けと同時に――。

示現流の猿叫が可愛岳に炸裂《さくれつ》した。

政府軍の天幕に薩摩兵が斬り込み、人が発するとは思えない雄叫《おたけ》びが山間《やまあい》で反響している。これが示現流独特の気《き》合いであった。油断していたところを襲撃され、狼狽《ろうばい》する政府軍の姿が眼《め》に見えるようだった。

老人の眼下もあわただしく動きはじめている。

攻撃しているのは前軍で、ここは中軍なのだ。

老人は、護衛に囲まれた巨漢を発見した。薩摩絣《さつまがすり》に兵児帯《へこおび》を締めている。西郷だ。老いた心臓が高鳴った。

この射角、この距離ならば、いかようも狙《ねら》い撃つことができる。

老人は口を窄《すぼ》め、すぅ、と澄んだ空気を吸った。

武骨な小銃を構え、銃床を頬《ほお》にあてて固定する。

ウィンチェスターではなく、村田の試作銃だった。粗削りだが、丁寧な造りだ。見た目よりも軽く、樫《かし》の木の銃床が手のひらに吸いつく。

〈これは、当たる……〉

老人の口元に悪童めいた笑みが灯《とも》った。

昔から鉄砲が好きで、よく火縄銃を担いでは山に入った。江戸で初めて洋式銃を見たときは胸が躍った。ガトリング砲の存在を知ったときには、異様な興奮で身が震えたほどであった。

日本が模倣に勤しんでいるあいだにも、西洋の技術は日進月歩で向上している。高度な教育によって膨大な知識を継承し、昼も夜も鉄砲のことばかり考えている連中が海のむこうにもいるのだ。

だから――。

日本人が新しい鉄砲を開発する、と聞いて嗤《わら》った。

なにごとも、先行者が圧倒的な有利だ。無駄な努力をすることはない。優秀な火器を購入したほうが無難であった。

失敗に失敗を重ね、ようやく満足できるものができる。

そのころには、西洋の技術がずんと先をすすんでいる。

キリがない。

しかし、その情熱が眩《まばゆ》かった。

〈焦ることはない〉

日本人の手先は器用だ。

勤勉な民族だ。

忍耐力もあり、労苦さえを楽しみとすることができる希有《けう》な資質を有している。気が遠くなるほどの試行錯誤を繰り返し、その先に必ずなにかを得られるはずだと無邪気に信じられるのだ。

〈その証拠が、この不細工な小銃じゃ！〉

老人の指が引き金にかかった。

弾は薬室に装填《そうてん》済みだ。

引き金を絞れば、彼の戦は終る。

村田の夢を――日本人の夢を見届けることはできない。自分は去りゆく者だ。亡霊として、この世にいることを許されていない身なのだ。

がつっ、と。

火花が散った。

老人の傍らだ。

大岩に硬い物体が衝突したのだ。

〈なぜ……！〉

小石などではない。弾を撃ちかけられたはずなのに……。

銃声は聞こえなかった。

太古の神々が嗤った気がした。

†

「さて、こっちにくるかね？」

五郎は訊《き》いた。

「くる」

村田は薬包を咥《くわ》えながら答え、小銃を筒先までくるんでいた茣蓙《ござ》を剝《は》ぎ捨てた。

銃口から、ぷかり、と白煙が漏れる。

茣蓙のおかげで、銃声は驚くほど小さかった。紙風船を布団でくるめば、叩き潰しても大きな音は出ない。理屈《りくつ》は同じなのだろう。

村田は、銃身下から槊杖《さくじょう》を引き抜いた。筒先へ突っ込んで、何度も往復させる。手際よく火薬の燃え滓《かす》をこそぎ落とすと、今度は咥えていた薬包の先端を嚙《か》み切って、銃口へ火薬と鉛弾を順番に流し込んだ。

さらに槊杖で突き固める。撃鉄を起こして雷管をはめ込む。

五郎は感嘆した。

弾の再装塡に十五秒とかかっていない。さっきの威嚇射撃といい、旧式の前込め小銃でも、手だれが使えば充分に戦で通用するのだ。

「あとは頼む」

小銃を背負うと、村田は頂上へむかった。

「ああ、まかせろ」

五郎は、やれやれ、と地べたに尻を落として休息する。

昨夜から、ずっと歩き通しなのだ。

〈ふん、いつまでこんな仕事しなくちゃいかんのかね〉

酒でもかっくらって泥のように眠りたかった。

海だの山だの、もううんざりだ。

だが、苦労の甲斐《かい》あって、ようやく先手をとることができた。

しばらく待っていると——。

猟師姿の老人が、のっそりと登ってきた。村田が開発した小銃を老いた肩に担いでいる。

一人だ。小娘の姿は見あたらなかった。

「おい、撃つなよ」

五郎は先に声をかけた。

老人は人懐っこく微笑《ほほえ》んだ。

「ええ、ええ……」

「この先で、村田の旦那《だんな》が待ってる」

五郎はしゃがんだまま、刀の柄にすら触れなかった。

「わしを通すと？」

老人は、やや首をかしげた。

「ならば、おみしゃんは？」

「邪魔が入らないように、ここで斬り支える」

老人は苦笑した。

「ほう、ほう……それはそれは……」

「村田の旦那が、あんたと一騎打ちを望んでるみたいだしな。だったら、おれとしては、どちらでもいいさ。お守りの必要な歳《とし》でもなかろうよ」

「しかし、なぜですかな？　さっき、わしを撃っておけば、それで仕事も片付いたでしょうに。わざわざ小細工をして、銃声を消す必要もなく……」

老人の視線は、投げ捨てられた茣蓙にむけられていた。

村田がなにをしたのか、はっきりと理解しているのだ。

「まったくだ」

五郎は顔をなでた。

汗と埃《ほこり》でぬるりと滑り、不精髭《ぶしょうひげ》が指先にひっかかる。

たしかに、老人を狙ったほうが確実で、しかも簡単だったろう。弾が命中しなくても、銃声で護衛は警戒を強め、西郷暗殺は失敗したはずだ。

「本人に訊け……といいたいが、なんとなくわからんでもない。たぶん、あんたを獣のように撃ち殺したくなかったんだろうな」

老人は嗤った。

「甘い……」

「同感だ」

五郎はうなずく。

「が、気持ちもわからなくはない。それに、おれにとっては、あんたに元佐幕派のよしみもないことはない。なあ――河井さん？」

「はあ……知ってましたか……」

「それが商売でね」

混乱期であったとはいえ、渡米にはかなりの資金が必要だったはずだ。船便を確保し、船長と交渉するための語学力も必須だ。その豊かな学識からも、自称通りの平凡な従僕であったはずがない。

ましてや、帰国してからは、久光公のもとで保護されていた形跡がある。元長岡藩士でも、よほど大物でなければ、ありえないことであった。

老人は軽く頭を下げ、村田が待つ頂へ足をむけた。

五郎は、長岡藩を救いそこねた英雄を見送った。

村田も、五郎も、この老人も……。

同じ戦争を別々の立場で生き抜いた三人だった。

〈なあ、あんたのために戦ってもよかったんだ。もしあのとき北越にいたとしたらな。だが、死に場所を定められなかった者は、どうすればいいんだ？　ええ？　あんたは迷ったらいけなかったんだ。死んだ連中が亡霊になっちまうからな〉

胴田貫の目釘《めくぎ》を確認した。

刃渡り二尺四寸ほど。小ぶりの鍔《つば》がついている。反りが浅いところから、古刀のようだった。頑丈で実戦向きだが、刃先の鋭さで斬るのではなく、重さと勢いで断つ。こんなものは鉈《なた》と同じだ。五郎の好みではない。

人斬りにもうんざりしていた。

死者への後ろめたさからではない。こちらも同等の命を賭《か》けてきたのだ。ただ飽きた。それだけだ。裏働きにも満腹だ。村田を見ていると、陽の差す世界で暴れてみたいと思えてくる。

〈このおれが？　笑える話だ。ああ、まったく……そろそろ、本気でべつの仕事を探すころあいかもしれんな〉

たん、たーん……。

官軍の反撃がはじまったらしい。

発砲は散発的で、どこか長閑《のどか》であった。

「あっちの祭りは盛り上がってるようだな」

賊軍の残党は、敗走に敗走を重ねて犬猫のように追い散らされてきた鬱憤《うっぷん》をここで爆発させるつもりのようだった。

「こっちはこっちで楽しませてもらおうか」

何名か登ってくる気配があった。

〈でもなあ……ま、そういうことだよなあ？　ええ？　お互い、つまるところは……はっ、好きだからやってんだよな？〉

†

戦争は人の叡知《えいち》の結晶だ。

緻密《ちみつ》に戦略を練り上げ、洗練された戦術で敵とぶつかり、知力、体力、気力を最後の一滴までふり絞り、高度な駆け引きによって収束させる。

それが、ただの野蛮な殺し合いになっていた。

半年以上に渡る戦だった。軍衣の着替えもままならず、下帯一つで駆けまわる薩摩兵児も少なくない。眼《め》を血走らせ、ざんばらの髪をふり乱し、その姿は悪鬼の群れと見まごうばかりであろう。

弾丸を鋳造《ちゆうぞう》する鉛は不足し、陶器や木で代用していたという。当然、飛距離も威力もなく、どこに飛んでいくかわからない始末だ。

だから——。

斬る。斬る。斬る！

戦国時代のような斬りあいだ。

満足に斬れる刀も、どれだけ残っていることか。刃に血糊がまけば、急速に切れ味は鈍くなり、鉄棒と変わらなくなる。戦地では自分で荒っぽく磨《と》ぐしかなく、たちまち刀身は痩《や》せ細り、折れやすくなる。

ならば、尖《とが》った先で突き刺すしかあるまい。

力任せに殴りつけ、粉砕するしかあるまい。

薩摩人の強さは、貧困への不満と憎悪を源としていた。

幕府時代、他国ではせいぜい人口の一割が武士であったが、薩摩では三割以上が武士階級であった。そのため、多くの者が極貧を強いられながらも、武士としての意地を突き通さなくてはならなかった。

あらゆる理不尽が、彼らを精強な兵に鍛え上げた。

薩摩に一揆《いっき》は少ない。その力さえ、示現流の鍛練に消費してきた。強かったはずである。

西郷軍が、兵力で圧倒的に勝る討伐軍を相手に、半年以上も戦うことができた理由はここにあった。

しかし、武士でなくなれば、意地の張りようもなくなる。今後、ゆるやかに爆発力は衰えていくだろう。薩摩兵児は薩摩兵児ではなくなる。以後の薩摩人は、薩摩兵児とは似て非なるものになるはずであった。

だから、これが最後の閃光《せんこう》である。

かつて謀略と武力の両輪を駆使し、維新最大の原動力となった薩摩人は、いまや血に餓《う》えた野獣へと退行している。

最新装備で武装した討伐軍は、その野獣の群れに襲われて壊乱しつつあった。

†

〈こんな戦は、もう終らせなくてはならん〉

経芳は、ほどよい高さの石に腰かけていた。

自然石ではなく、あきらかに人の手で加工されているものだ。古い社の遺構なのか、粗く積み上げられた石垣だった。

半眼で、瞑想《めいそう》するように老人を待つ。

陽が昇り、刻々と明るさが増していた。標高が高くなるにつれて、ひょろりとした細木が多くなっている。道は狭く、獣道も同然だ。視界の悪い山中で、このあたりはわずかに見通しがよくなっているのだ。

待ち伏せの有利は捨て去った。

岩や木を遮蔽物《しゃへいぶつ》にした銃撃戦も想定していない。

互いに必中の距離で身をさらした勝負だけを考えていた。

老人の武器は、経芳の試作小銃だ。

経芳が拾ったのは前込め式のスプリングフィールド小銃で、十九ミリのミニエー弾を使用している。もしかしたら、東北から推参した義勇兵が持ち込んだのかもしれない。

連射性能では圧倒的に不利だ。

しかし、まんざら捨てたものではなかった。

前込め式だから、遊底の隙間《すきま》から火薬の爆発力が逃げることはない。つまり、射程距離が長く、弾の威力が落ちにくい。漏れた火薬カスが眼に飛び込むこともなく、すこぶる狙いはつけやすかった。

〈河井継之助──〉

老人の正体は、道中で藤田から聞かされていた。

北越の戦で、経芳の小隊はスネルという人物を捕獲している。長岡藩など新政府に反抗する勢力へ武器弾薬を供給していたプロシア商人で、予想外の迅速さで新潟港が抑えられて逃げ遅れたのだと思っていた。

外国人の処罰はできず、その場では釈放するしかなかったが……いま思えば、あの老人は、スネルの船で日本を脱したのかもしれない。

見知らぬ異国で、なにを想っていたか──。

そして、どんな想いで帰ってきたのか──。

九年の年月は、長かったのか、短かったのか……。

旅のあいだに、経芳は齢《よわい》三十九になっていた。

体力と気力が衰えれば、できることもかぎられてくる。いいではないか。そのぶん迷いがなくなり、為《な》すべきことに集中できるというものだ。

この歳になって、まだ心を揺り動かされるものがあるだろうか？

自分にはある。

鉄砲だ。

軍銃一定の夢。

主力兵器の改革は、その国の改革に直結している。

日本の未来に繋《つな》がる夢だ。

〈おいは幸せだ！〉

偽りなく、そう叫びたかった。

沈滞していた情熱が勃然《ぼつぜん》と沸き起こる。研究所にこもっていれば、こんな気持ちにはなれなかったであろう。

〈西郷さんは、おいに新式銃の開発を託してくれた。日本の未来を託してくれた。自分でなければできない仕事を見つけられなければ、男は腐るしかない。なんのために生れてきたのかわからなくなる〉

戦場が居場所だと思ったことはなかった。

自分は技術者だ。

人間は、自分にできることをすればいい。得意なことで役に立てばいい。一流になれるかどうかは、ただの結果だ。運にすぎないのだ。

かといって、敵を撃つことにためらいはなかった。

人触るれば人を斬り、馬触るれば馬を斬る。神でも仏でも。それが薩摩兵児だ。なすべきものはなさねばならぬ。志ありて決めたことならばそれを貫く。もとより善悪ではない。

鉄砲を一挺よこせ。なにもかも、ことごとく撃ち倒してくりょう。

木々の隙間に――。

ふらり、と老人が姿をあらわした。

弾が届く距離だった。

老人は立ち止まった。むこうも経芳に気づいたのだ。口元を窄める独特の笑い。親友に挨拶《あいさつ》するように、軽く片手をふってきた。小銃の筒先は、まだ殺意もなく地面へむけられている。

お互い、その場で勝負しようというのだ。

経芳は感謝した。

二発目はない。一発で決める。

合図は無用なり。

経芳は尻を落とし、地べたにしゃがみ込んだ。

石垣に銃床を押しつける。あらかじめ見当をつけていた窪《くぼ》みだ。二ヶ所で固定し、銃口を獲物にむける。射線は何度も確認していた。

構えは、老人のほうがはやかった。

なんということのない、外連《けれん》のない射撃姿勢――美しかった。

撃たれる。そう思った。

銃弾は飛んでこなかった。

〈不発！〉

恥辱で脳が沸騰し、経芳は引き金を絞る。

銃口が吠《ほ》えた。

十九ミリの弾頭は、火薬の爆発力を余すことなく人体にぶちまける。腹部に大穴を空け、変形した鉛玉が暴れて内臓を引き裂くだろう。

老人は枯れ枝のように吹っ飛んだ。

†

身体が二つに千切れたかと思った。

それほどの衝撃だ。

腹を撃たれたのは初めてだ。筋を切断されたように手足も動かない。

眼の前が暗かった。

じわじわと腹腔《ふくこう》が熱くなってくる。今度ばかりは助からん、と観念した。腸《はらわた》は破れ、糞《くそ》も漏れているだろう。助かるはずがない。

苦しくもあり、不思議と安らいでもいた。

「……発条《ばね》が折れたか……」

村田の声だった。苦渋にまみれている。

老人は薄目を開けた。

村田は背を丸め、壊れた試作小銃を凝視している。発条が折れた。それが不発の原因だ。自分が撃たれたかのように表情は沈鬱《ちんうつ》であった。

巻きヅル状の発条は生産が難しい。

硬く、強い弾力を持つ鉄が必要だ。均一に鍛え上げなければ、必ず脆《もろ》くなる場所ができ、伸縮を繰り返すうちにポキリと折れてしまう。

ましてや、嵐《あらし》に巻き込まれたとき、この小銃は海水にどっぷりと浸っていた。錆《さび》もふいて脆さが増していただろう。いつ折れてもおかしくはなかったのだ。

「やはり、真鍮《しんちゅう》の弾き金で……いや、しかし……」

村田の独り言はつづいた。

撃った相手を前に、小銃の改良に没頭している。

呆れるほどの鉄砲狂いだ。

〈だからこそ……なればこそ……〉

心の声が届いたように、老人へ視線をむけた。

「すまん……」

村田は、少年のように含羞《はにか》んだ。

「おはんがウィンチェスターならば、こちらが撃たれていた」

賛辞と受け止め、老人は淡く微笑んだ。

村田は試作小銃を置き、老人の前で片膝《かたひざ》をついた。謝罪するようにぺこりと頭を下げてから、老人の懐を探りはじめた。目的のものは見つかったようだ。

「これで竹内殿を撃ったんだな」

疑問ではなく、断定であった。

老人は、小さくうなずいた。

殺す理由があった。

竹内儀右衛門は、かつて庄内藩を裏切った。それは新発田《しばた》藩の裏切りも重なって、新政府軍に新潟港を奪取される原因にもなった。そして、長岡藩は補給線を断たれ、無残な敗北を喫することになった。

それに、竹内は本気で西郷を救出するつもりであった。庄内藩を許した西郷への恩返しをしたかったのか、あるいは自分の中でわだかまっていた裏切りへの贖罪《しょくざい》を果たしたかったのか……。

どちらにしても、邪魔者だ。始末するしかなかった。

「……おはんら、策を弄《もてあそ》びすぎだ」

村田は哀《かな》しげに吐き捨て、奪ったものを自分の懐にしまった。

「あの娘はどこに？」

山頂へ、老人はわずかに顎をしゃくった。

それだけの動作で、残りの力がごっそりと削られた。もはや、指一本動かすこともできない。瞼《まぶた》さえ重くなり、そっと眼を閉じた。

村田の立ち上がる気配があった。

足音が遠ざかっていく。

老人は祈った。

日本には、村田のような男が必要なのだ。

今は真似《まね》でも、必ず西洋を追い越してみせる。

そういう気概で燃えている。

そうだ。

〈どの国もそうやって技術を発展させてきた。だが、のんびりやっている暇はないぞ。急げ急げ。こちらは、もう舞台を去るだけだ。古い時代を、あの世まで持っていかなければならない。だから、どうか、日本の若者たちを育んでやってくれ……〉

たとえ戦で敗れようと、技術や職人は残る。

ここに、もう一つの国がある。もう一つの世界がある。技術者は一人一人が夢想の王国の主である。国や政府など、何度滅びようと、いくらでも再生できるのだ。

だから、怖れるな。

未来は、必ずある。

ふっ、と。

黄泉《よみ》の闇が、すべてを飲み込んだ。

†

登ってきたのは四人だった。

五郎は鋭く眼を細める。

薩摩人ではなかった。髭まで垢《あか》まみれの浪人風で、いまだに髷《まげ》を残している。他県から推参し、まだ戦い足りないのだろう。

逃げられては面倒だ。いったん隠れてやりすごした。

幸い、道は細い。

四人と同時に戦う心配はなかった。

最後尾の一人は、元込め小銃を持っていた。うんざりするほど大きく、複雑怪奇な握りやら把手《とって》やらがあちこちから飛び出している洋銃だ。最新型なのかもしれないが、これでは装塡と発射に一時間はかかりそうだ。

五郎は、背後から襲いかかった。

頭の後ろを断ち斬った。

即死だ。

拳銃《けんじゅう》を持った浪人が、背後の異変に気付く。ふり返った瞬間に、拳銃を手首ごと斬り飛ばした。調子がいい。ありふれた胴田貫が、まるで霊剣のような切れ味だ。霧のように血がしぶき、浪人は崖《がけ》のような急斜面を転がり落ちていった。

三人目は、居合の斬撃を放ってきた。

五郎は半身になって避《よ》けた。

敵の刀を撥《は》ね上げたが、衝突した時に刀身の勢いは消えてしまう。刃を反転させて、切り下げるためには、さらに刀を持ち上げなければならなかった。

五郎は、そんな余力を使わなかった。

刀の自重だけで落としていく。

刃先が垢染みた首筋に吸いつく。

すぅ、と軽く引く。

それで充分なのだ。よく磨がれた刃は、さっくりと柔らかな皮膚に沈んだ。血の管が裂かれ、じゅっ、と大量の血が噴出した。

京洛《けいらく》時代の新撰組は三人組での包囲斬殺を必勝形態としていたが、講談では一人の剣豪が多数を相手に大立ち回りをする。しかも、勝ってしまう。嘘臭いともいえるし、当然ともいえる。

場数をこなせば経験は増える。相手がこう動けば、自分はこうさばく。こう撃剣する。いちいち考えなくても、感覚でわかるようになる。経験が足りなければ、刀の動きを読み間違う。死ぬ。刃先が届く場所に移動し、想定した速さで刀をふる。相手が死ぬ。あたりまえだ。不思議なことはない。

それでも、銃弾の速さにはかなわないが……。

残った一人は、すでに刀を抜いていた。構えは一刀流。かなりの腕前だとわかった。味方が全滅したというのに、気組みはあふれるほどに充実し、わずかな心の乱れも感じられなかった。

〈面倒くせえのが残っちまった〉

五郎は微笑んだ。

〈ふん、これからの戦場は国外になるだろうよ。なら、おれにとって、これが最後の戦だ。あとは勝手にやってくれ。異国の兵どもを斬ってやるほど、連中に情は持てそうにはないからな〉

非情だから斬るわけではない。

ましてや、攘夷浪士に憎しみを覚えたことなどはなかった。

命を賭けるに値すると認めているからこそ、渾身《こんしん》の技と力で斬ってやるのだ。

〈でなけりゃ、人を殺《あや》めることなどできやしないさ〉

連続で突きを入れた。一度。二度。どちらも届かなかった。五郎の腕は伸びきり、頭部が無防備だ。敵は横に薙《な》いできた。

身を沈み込ませて避けた。

しかし、ふたたび突くには、伸び切った腕を戻さなくてはならない。それでは間に合わない。が、五郎は腕を引く。

奇術のように、五郎の刀が右手から左手に移った。

〈だから、優しく斬ってやろう。祈りながら斬ってやろう。互いに堕地獄は必定だ。先に待っているがいいさ。いずれ血の酒杯も酌み交わそうぜ〉

そのまま左手を突き出した。

簡単に刃先が届き、ずぶりと二十センチほど肉に入った。

〈ほら、こいつも笑ってやがる。なんて満足げな死に顔だ。……ちくしょうめ！〉

†

急勾配を登りつづけ、経芳は稜線に出た。

道幅は狭い。

頂までは一本道のはずだ。

経芳の足は、苔《こけ》むした石を踏んでいく。細い木々がおどろおどろしくうねり、お伽話《とぎばなし》のような情景であった。木漏れ日に眼を細める。今日も暑くなりそうだ。

〈勝てるか……勝てぬか……〉

お森はウィンチェスター銃を持っているはずだ。

恐るべきは、その速射性能だった。

〈あの娘は、何者だ?〉

昔、射撃を教えた者たちの中に、天才的な狙撃手がいた。

初めて触る小銃でも、すぐに作動原理と特質を理解し、自分の手足のように扱った。狙えば百発百中。芋掘りでもしているような気軽さだ。次々と的を射ぬいては、機嫌よく〈おはら節〉を口ずさんでいた。

天賦には恵まれていたが、天は彼を愛さなかった。

農民の子で、戊辰の戦に出陣できなかったことを悔しがっていた。歳も若すぎたが、平民で組織した奇兵隊があった長州とは政情が異なり、薩摩藩では最後まで武士だけが主戦力だったのだ。

ある日、その若者は失踪《しっそう》した。

愛銃を担いで山に入ったまま、とうとう戻ってこなかった。銃器を愛するほどには、天も人も愛することがなかった若者が……。

最初は、お森がその若者の娘かと思った。

射撃姿勢も、ちょっとした癖も、よく似ている。とはいえ、年齢の辻褄《つじつま》は合わない。確信はない。

ただの想像にすぎない。

経芳の肩を撃ったのは――お森なのだろう。

あのとき〈おはら節〉を口ずさんでいたのは、彼女なのだろう。

だから、どうあっても倒さねばならなかった。

今度は、彼が猟師になる番だ。

つまらない意地だと嗤いたければ嗤えばいい。銃士の誇りだ。戦場に負い目を残したままでは、研究に没頭することもできなかった。

鉾岩《ほこいわ》が見えてきた。

角の張った巨石が折り重なり、厳かな奇観を造形している。

古代の聖域であったことはたしかだが、自然に構築されたのか、異形の才知が組み上げたのか、それはわからない。

経芳は眼を見張った。

西洋の食台のごとき大岩が転がっている。その上に、広瀬が横たわっていた。裸身であった。しなやかな少年の四肢がだらしなく放り出されている。生きてはいまい、と一目でわかった。

少年は殺されていたのだ。

右胸と腹部の中心に弾痕《だんこん》。出血の具合などから、二発とも時間差はなく、至近距離で撃たれたのだろうと推察できた。ぞっとしたことに、蠟《ろう》のような白肌のあちこちに齧《かじ》った跡も見受けられた。

その傍らで、ウィンチェスター銃を抱きしめている娘がいた。

お森だ。

彼女も衣服を身に着けていなかった。乳房は野性味たっぷりに張りつめ、尻は豊饒な大地を思わせる盛り上がりであった。大柄ではあったが、腰はくびれ、足が長く、見蕩《みと》れるほどに美しい裸身であった。

異形の女神。

強く、怖く。

欲情よりも畏怖《いふ》を呼び覚ます存在だ。

お森は、泣き腫《は》らした顔で、放心していた。

彼女が少年を殺したのであろう。情交を拒絶され、激昂《げきこう》したはずみなのかもしれない。

実際の理由はわからなかった。わかるはずもない。ここは人の理屈が通るような場所ではなかった。

太古の神々の聖域だ。

神は遊ぶ。遊び狂う。その遊びを真似ることで、人は異界の恵みを受けてきた。そして、いつか人は神を殺すに至るのだ。

切れ長の眼が、経芳の姿を捉《とら》えた。

敵意？　殺意？

どちらもなかった。

経芳は、小銃を構えかけた。

銃声とともに、彼の半身が痺《しび》れた。

薄笑いを浮かべ、お森が白煙を吐く筒先をむけている。

経芳は小銃をとり落とした。

銃弾を受け、スプリングフィールドの銃身が曲がっている。幸いなことに、跳弾は身体を傷つけず、どこかへ飛び去っていた。

経芳は太い息を漏らす。

お森にむかって歩きだした。

軍衣を脱ぎながら……。

上も下もだ。下帯だけになり、それもむしるように脱ぎ捨てた。最盛期をすぎて、なお隆とした肉体をさらした。

お森は小首をかしげる。

そして、紅い唇をゆがめた。

淫靡《いんび》な微笑みだ。

経芳は歩みを止めなかった。

お森は本能的にウィンチェスター銃を腰だめにしている。反動に備えて、わずかに重心を落としていた。膝が開き、股間《こかん》の濃密な茂りを覗かせる。鮮やかな果肉が閃き、経芳の鼻先まで蜜《みつ》の匂《にお》いが漂ってきそうだった。

一メートルの距離になった。

あと一歩で、経芳に銃口が触れる。

そのときまで、経芳は手のひらを後ろにむけていた。左足を踏み出し、右手に隠し持っていたものをお森に真っ直ぐむけた。

撃鉄は起きている。硬い引き金を絞る。

一発。

乾いた音だった。

知らなければ、それが銃器だとは誰も思わないだろう。

デリンジャー。

アメリカで製作された中折れ式の小型拳銃だ。短い銃身を上下に並べ、四一口径の弾を二発撃てる。手のひらにおさまる大きさで、護身用にも最適だが、アメリカの大統領を暗殺したことで一気に名を馳《は》せた。

長岡の老人は、これで竹内儀右衛門を撃ったのだ。経芳が莫蓙を使ったように、筒先を布団に押しつけることで銃声を消したのだろう。

お森の右肩に穴が穿《うが》たれた。

経芳と同じ場所だが、本当は胸の中心を狙ったのだ。撃鉄を起こし、二発目を放てるようにした。

ここで撃ち殺してしまうのか？　山の化身である彼女を？　あの大猿と同じように？

それは古き日本を殺してしまうことではないのか？　ただの感傷だ。気の迷いにすぎなかった。

撃つべきだ――。

娘は笑った。

負けたよ、と言いたげに。

経芳は気づいた。

稲妻のような衝撃で、お森への理解を叩《たた》き込まれた。眼から涙が吹きこぼれる。この娘は、ただ無邪気に遊んでいただけなのだ。里の人間が面白い遊びをしている。だから、自分もまぜてもらいたかっただけなのだ。

お森はウィンチェスターを捨てた。

微笑みながら、歩み寄ってきた。

経芳は、抱きしめられた。

和船での抱擁を思い出した。だが、嵐のような情欲は再現されなかった。猥雑《わいざつ》で、理不尽で、安らぎに満ちた腕の中だった。その中にいれば、安心だ。が、成長することはない。不完全な生き物として、この世界に解き放たれることは……。

お森はすり抜けた。
経芳の傍らを――。
そのまま歩み去っていこうとした。
経芳に止める術《すべ》はなかった。
お森の前方に、死神の影があらわれた。
肩幅がひろく、屏風《びょうぶ》のような体軀《たいく》――。
藤田だ。
なぜか、嘲笑《あざわら》うような大猿の死に顔が脳裏をよぎる。
〈待て！　その娘は山に還るだけだ！〉
経芳の叫びは声にならなかった。
きらり、と陽光が反射した。
藤田の抜刀術だ。
お森の首が、ころりと落ちた。
経芳の中で、青春の最後のきらめきが消滅した。
「余計だったかね？」
怒ったように藤田は訊いた。
経芳は応《こた》えなかった。
現実感は戻ったが、母の死を見届けた気分でもあった。わかっていた。それでも殺さねばならなかった。お森は、それほど人を撃っている。

山の霊気に浄化されたのか、藤田は妙にアクの抜けた表情をしていた。戦場の鬼気が洗い流され、不思議と無垢《むく》で、あどけなくさえ見えた。

その顔が無残にゆがむ。

一流の剣士としての勘なのか、経芳とお森のあいだに交された、刹那《せつな》的で不可思議な意識の交感を察しているようだった。

「なあ……余計だったかね……?」

経芳はかぶりをふった。

少年の無残な姿が眼に入った。

藤田もそれを見ていた。

経芳の厚ぼったい瞼が痙攣《けいれん》する。デリンジャーを投げ捨て、頭を強くふって死体から視線を外した。

藤田に背中をむけ、軍衣を拾って手早く身につける。ウォルサムの懐中時計も落ちていた。拾い上げて、軽く驚いた。

「動いとる……」

水洗浄と油の注入が効いたのか、いつのまにか復活していたようだ。アメリカ製の頑丈さ、しぶとさに感嘆するしかなかった。

これは奇跡ではない。職人の技量である。

経芳は、お森が捨てたウィンチェスターにも眼を留め、震える手で拾い上げると、くたびれた身体を引きずるように歩きだした。

「おい、どこへ……」

「見送りだ」

乾いた声で答えた。

経芳は、大岩のあいだを通り抜けた。

尾根は上り下りを繰り返す。

お森の死は、もう心に残っていなかった。なにかが消えた。その代わり、新しいものが生れていた。最後まで不思議な女だった。まるで人間ではなかったかのようだ。ただ自分の役目が終わったことに気づき、そのまま溶け去ったような……。

あれほど彼を悩ませていた気鬱も溶けている。

身体が軽く、今すぐにでも研究室で小銃開発を再開したいくらいだった。

東京に戻れば、やることは山積みだ。

戦が終われば、武器の需要は細る。仕事は減っても、職人を解雇するわけにはいかない。むしろ、これからが本番なのだ。

銃器の発達は、あまりにもめまぐるしい。そのうち、経芳でさえ最先端の技術についていけなくなる時代がくる。

たとえば、綿を硝酸で処理する新しい製法の火薬だ。三十年ほど前にドイツ人かスイス人によって発明されたという。まだ実用に至っていないが、戦場で視界をさえぎる黒煙を発しないのだ。

戦の形は激変するだろう。

火薬でさえ、木炭と硫黄と硝酸があればいいという時代ではなくなる。

無間地獄の亡者だ。

火縄銃の時代に生まれればこんな苦労はなかった。しかし、知ってしまったからには前にすすまなければならない。腸を飛び出させ、地獄の炎に焼かれながらでも前進しなければならないのだ。

〈昔は、もっと生きるのも簡単だった。死ぬことは、さらに……〉

求めたのは、技術者の誇りだ。

昨日より、知識が、経験が増えていく。明日は、もっと、もっと。明日を切り開き、新しい国を創《つく》っていく自信と悦《よろこ》びを……。

自分が編み出したはずの技術が、異国ではとうに実用化されていたこともたびたびであった。落胆はある。嫉妬《しっと》もある。それよりも、感嘆のほうが大きかった。海のむこうでも同じことを考えていたのか。あたりまえだ。同じ人間なのだ。敬意と闘争心。それしか感じるものはなかった。

そうだ。

この心をざわめかせるのは、いつでも人の技であった。こんな発想があったのか。こんな技術があったのか。知れば知るほど新鮮な驚きある。彼が忘れていたのは、この瑞々しい感動であった。

突然、視界が開けた。

経芳は、山頂に着いたのだ。

「ああ……」

絶景であった。

人が荒らしても、山は知らん顔だ。何百年も、何千年も、何万年でも、我関せず。禿《は》げ山になったとしても、悠然と構えている。焼かれても、荒らされても、何度でも再生する。そして、同じ風景にはならない。

眼下の尾根を魔物の群れが行進している。

官軍を蹴《け》散《ち》らして、悠々と逃げていくところだった。

懐かしき故郷へ――鹿児島へ――。

西郷が魔物たちを導く。

地獄へ――。

戦いを求め、戦うことしか知らなかった鬼たちの故郷へ――。

厳かで、神話の一部のような光景だった。

彼らは高千穂にむかっている。

経芳は、ウィンチェスターを空にむけ、白々と灯る明星を撃った。

着物姿の巨漢がふり返った。

〈こちらが見えているのか?〉

西郷なのだろう。

太い腕を上げた。

敬礼……。

とっさに、経芳も敬礼を返した。

西郷らしき巨漢は、帯に挟んでいた軍扇を手にとると、ぱらりと開いて日の丸を高々と掲げて見せた。

「おい、まさか……」

追いついてきた藤田が、ごくりと息を呑《の》んだ。

〈撃て……と?〉

半ば無意識に、膝立ちでウィンチェスターを構えていた。銃床を肩付けしたが、気分が高揚しているせいか、不思議と痛みはなかった。

把手を操作して、空薬莢《やっきょう》を弾《はじ》き出し、弾薬を装塡《そうてん》した。四四口径。拳銃と共用だ。反動は少ないが、射程距離が短い。

照門の位置は勘で合わせていた。かの老人の愛銃だ。銃身の精度は高いはずだ。お森が船上で見せた射技も眼にしっかりと焼き付いている。

〈当ててもいい……と？〉

この距離であれば、当たらなくても当然だった。

この状況であれば——。

経芳が撃ったことは、藤田にしか証言できないだろう。

〈どちらでもいい……と？〉

鉄砲狂いと嗤われた昔——。

貧しかったが、あのころが一番幸せだった。

どうすれば、もっと命中するのか。

どうすれば、もっと遠く、真っ直ぐ弾が飛ぶか……。

均一。均衡。精度。

調整し、構え、引き金を引く。ずどん。標的に穴があく。世の中、かくあるがごとし。

すとん、と世界の中心に落ち着く。

すべて、彼の内側にある世界なのだ。

どれだけ貧しくても、胸の奥ではいつも充足していた。

人は、ただ生きるために生きるのは辛い。仕事のための仕事は辛い。辛く、長すぎる人生だ。だから、目的が必要になる。

夢や希望に満ちていれば、人は力強く生きていけるものだ。

維新によって、ある者は名誉を得た。

金を得た。

地位を得た。

栄達した。

だが、自分のほうが――ぜったいに幸せだ。鉄砲のことを考えていれば、幸せだった。

それだけで満たされていた。誰よりも、なによりも、幸せだった。わかるまい。藤田や福地にもだ。誰にもわかるまい。絶対の信頼を寄せている古参職人にも、この至福が理解できるかどうか。いや、理解されようとは思わない。ざまあみろ。これは……これだけは、自分一人の幸せなのだ。

さて、山頂からの落差はどう計算する？

風向きは？

気温は？

ああ……細かいことは、どうでもいいじゃないか……。

引き金を絞る。

たーん……んん……。

銃声が陰々とこだました。

軍扇は、宙に舞った。

撃ち抜いたのか、風に飛ばされたのか、経芳にはわからなかった。

西郷は豪快に笑った。

鬼たちも笑っていた。

悲憤もなく、慷慨《こうがい》もない。

むしろ楽しげに行軍を再開した。

〈なぜ……あの中に自分はいないのか！〉

烈《はげ》しい嫉妬すら感じた。


昔々……。

高千穂には、鬼八と呼ばれた怪人が棲んでいた。ひと駆けで四里も走り、収穫期には口から霧を吐いて稲を枯らしたという。

人々の訴えを聞き、神武天皇の兄が怪人退治に出陣したが、鬼八は岩を投げつけて皇軍に大損害を与え、悠々と逃げ去ったのだと……。


あれは敗者の群ではない！

経芳の眼に熱い涙があふれた。

あれは……凱旋《がいせん》していく神々の軍勢であった。

終章　西郷は巫女なり

藤田五郎は、東京砲兵工廠《こうしょう》を訪れた。

五月だ。

新緑の煌《きら》めきが、まだ鮮やかさを残していた。

「よお」

予告もなく、研究室に押し入った。

「ああ、おはんか」

村田は、鈍い表情で五郎を迎えた。

雑然とした部屋だった。

調度品といえるものは、粗末な椅子《いす》と机くらいだ。書画や掛け軸の代わりに、壁には小銃や弓が掛けられ、部屋の隅には大量の刀が壺《つぼ》に差し込んであった。床には削りかけの銃床が転がっている。

村田は、傾斜させた板に図面を張り付け、手にしていた黄金色の部品をあてがっているところだった。部品を机に置き、眠そうに眼《め》を半開きにして、不精髭《ぶしょうひげ》の伸びた顎《あご》をポリポリとかいた。

「おいになにか？」

昨年八月に九州でわかれたきりだから、およそ九ヶ月ぶりの再会だ。とくに懐かしそうでもないが、かといって迷惑そうでもなかった。

「ああ……」

五郎も、なんとなく白けた気持ちになった。

「知ってると思うが、十四日に内務卿が殺された」

内務卿・大久保利通は、六名の刺客に斬殺《ざんさつ》されたのだ。

その日は、朝から嫌な曇り空であった。

天皇に謁見するため、大久保は麴町《こうじまち》の自邸を馬車で出発した。紀尾井町清水谷を通りかかったとき、待ち伏せていた刺客に襲われた。凶漢たちは馬の足を無残にも斬《き》り、御者は刺殺され、大久保は引きずり降ろされた。

白刃が四方から降り注いだ。

大久保の首を刃が貫き、地面にぬいつけた。

全身の肉が裂け、骨は砕け、頭蓋《ずがい》も割れていたという。

村田は無愛想にうなずいた。

「工廠に下手人でも？」

「いや、下手人はわかってんだ。西郷を慕っていた加賀の士族たちだ」

資料によれば、士族反乱が相次いだ時期に、金沢でも挙兵を試みて失敗した情けない連中であった。西南の戦にも遅れて参加を果たせず、やけになって要人暗殺に切り替えたらしい。

「なら、おいになにを？」

「暇だったから、四方山《よもやま》話をしにきたのさ。この一件で、ちょっとあんたのことを思い出してな。ひさしぶりに顔を見たくなった。重畳のようだな」

「おはんもな」

東京に戻ると、五郎は警部試補に降格された。山県卿から任務失敗の追及をかわすため、表向きの処分を受けたのだ。今は、また警部補に戻されている。

村田も、砲兵会議議員を免ぜられていたが、しかし、会議には参加を命じられている。それだけ代替が利かない存在であるということだった。

「そいだけか？」

「ああ、それだけのことだ」

しれっと答えると、村田は胡乱《うろん》な顔をした。

たしかに、それだけといえばそれだけだが——事件の異様な歯ごたえが、胃の消化を悪くしていることも事実だった。

大久保卿の暗殺計画は、稚拙で、杜撰《ずさん》なものだった。

大警視・川路利良は、いち早く情報を把握していたが、事前に刺客を捕まえる許可は下りず、身辺の警備さえ大久保に一蹴《いっしゅう》されている。

しかも、これは村田には話さなかったことだが、暗殺者の一人は警視庁の元巡査で、西南の乱でも警視隊として参戦していた男なのだ。

〈大久保は死にたかったのか？〉

凶行の朝、大久保は福島県令の訪問を受けていた。なにか予感でもあったのか、勃然《ぼつぜん》と心が昂《たか》ぶり、三十年計画について熱弁したらしい。

一つの事業は十年経《た》たねばとりとめのつかぬものだ。明治元年から三十年までを三期に分け、最初の十年を兵事に費やし、次の十年を内治整理と殖産興業に、そして、最後の十年を守成の時期に……。

そんな内容であったらしい。

政治となると、さっぱり興味が湧《わ》かなかった。が、裏の事情を理解できないことには、どうにも尻が落ち着かない。

そこで、他の薩摩人にも意見を訊《き》いてみようかとやってきたのだが……。

口から出た質問は、やや角度が異なっていた。

「なあ、西郷ってのは、なんだったたんだろうなあ」

毀誉褒貶《きよほうへん》が激しい男である。

大誠意の人か？

軍神か？

救国の英雄か？

人の意見に左右されやすい愚者か？

戦好きの狂人か？

村田は、眼を細めて天井を睨《にら》んだ。

「西郷さんは、賢人政治を目指しとった。だが、老荘の徒が唱える聖人君子ではなか。その場にいるだけで、まわりに影響を与えるところは同じだが、道徳によって国をまとめていく資質は……」

「ないか」

「なか」

村田は断定した。

そうなのかもしれない、と五郎も思う。

西郷は、ウロの空いた大木だ。

大きくたたけば大きく響き、小さくたたけば小さく響く。もとより自分の意見などない。誰かの志に共感してこそ巨大な力を発揮できる男だった。

斉彬公が身罷《みまか》って、中に入れるものが消えてしまった。恐ろしいまでの喪失感を味わい、殉死にしくじって生き恥をさらしながらも、明治を迎えるまでは斉彬公の遺志を受け継ぐことで乗り越えた。

維新後に残ったのは、ただのがらんどうだ。

命もいらず、名もいらず。

この世で、もっとも始末に負えないウドの大木だけが残った。

巨大な空洞を埋めるように、無限の度量で人の意見を受け入れた。だから、意志が定まらず、変転するように見られることもあった。

しょせん、小物の志を束にして放り込んだところで、分厚い胸に穿たれた虚空の大穴は埋められない。偉大な斉彬公の身代わりになど誰がなれようか……。

斉彬公と久光公が、西郷を君子の高みに上ることを妨げた。

慕うことも、嫌うことも、同じ執着だ。

かくして、賢人政治の理想は潰《つい》えた。

そもそも、戊辰の戦は、もっと長引くべきだと西郷は考えていた。日本中を戦乱で焼き尽くし、そのあとで真新しい国を創造するつもりであった。

荒ぶる男だ。

無益な争いを好まない男だ。

なるほど。矛盾の塊である。

抗う相手がいなくなれば、みずからの巨体を壊していくしかない。大村益次郎が、西郷を叛旗《はんき》の徒と見做《みな》したのは、そのせいであったのか……。

策謀まみれの人生を恥じ、慢性的な自殺衝動を持て余していた。本当は戦で死にたかった。大村益次郎の制止をふり切って、北越の戦へ兵を率いていったのは、同地で戦死した実弟の吉二郎《きちじろう》を追いたかったのではないか……。

武力で朝鮮を開国させるのは順番がちがうと主張し、みずから朝鮮へ使節として赴くことを願い出たときも、我が至誠が通じればよし、もし殺されたとしても、日本は戦の大義名分を得ることができると……。

だが、大久保たちはそれを阻止した。

だから？

だからこそ——。

大久保は、苦しむ朋友を見ていられなかった。

「——世情での毀誉軽きこと塵《ちり》に似たり——」

「あ？」

五郎は、村田のつぶやきで物思いから覚めた。

「西郷さんの言葉だ」

村田は、机の下から大ぶりの椀《わん》を二つ拾い上げた。

無言で一つを五郎に渡した。

飯でも食うのかと呆《あき》れたが、村田の手がふたたび机の下に潜り、今度は一升は入りそうな大徳利をとり出した。

この薩摩人は――仕事中に呑《の》んでいるのだ。

「呑むか?」

「お、おう」

「焼酎《しょうちゅう》だが」

「燃料だな」

五郎は、ちびり、と舌先で焼酎を味わった。

村田は、豪快に半分ほど喉《のど》へ流し込み、ふう、と熱い息を吐く。

「西南の戦は、西郷さんと大久保さんで合作した最後の謀略であったのかもしれん」

村田は語った。

不平士族が各地で暴れ、数々の無法が野放しになっていた。幕末期では見逃され、処罰を免れてきたが、治安が求められる時代となれば困ることになる。

なんとしてでも、無法は赦《ゆる》されない時代にしなければならない。警察だけで手がまわらないようであれば、思いきった大手術が必要になる。多くの血が流されようとも、法治国家を確立しなくてはならなかったのだ。

「ふん……」

これだから、この薩摩人は隅に置けない。

茫洋《ぼうよう》とした顔をして、知るべきことは知っている。

なるほど。

士族の叛乱は小規模なうちに次々と粉砕され、鹿児島では西郷という希代《きたい》の巫女《みこ》が戦鬼たちを導いた。尊い犠牲となり、過去の亡霊は一掃された。その哀《かな》しい巨体にすべて背負って、黄泉路《よみじ》まで運び去ってくれた。

昨年の八月末。

東京日日新聞の福地源一郎は、他紙に先駆けて「西郷戦死せり」の号外を配布したが、河井継之助の代役として、予備の〈英雄〉をぬかりなく用意していたようだ。

新撰旅団一個大隊を指揮し、賊軍が最後に立て籠《こ》もった城山の包囲攻撃にも参戦していた立見尚文《たつみなおふみ》陸軍少佐である。

戊辰戦争では、元桑名藩士からなる雷神隊を率いて転戦し、北越の戦では奇兵隊参謀の時山直八《ときやまなおはち》を討ちとり、たびたび新政府軍を敗走させた戦上手だ。

ついでながら――。

紀伊の陸奥宗光は、土佐立志社と連携して政府転覆の陰謀に加担した容疑で、間もなく逮捕される見通しであった。

「ところで、新しい小銃とやらは完成したのかい」

「うむ」

村田は、机に置いた黄金色の部品を愛《いと》しそうに指先でなでた。

「真鍮《しんちゅう》の弾き金だ」

巻きヅル状ではなく、毛抜き型の発条《ばね》だった。

「火縄銃のか？　いまさら、なんだって……」

五郎は首をかしげた。

「真鍮は銅と亜鉛の合金だ。加工が容易で、製法は古くからわかっとる。オランダのボーモン銃も同じ毛抜き型だ。槓桿《こうかん》を動かす握りの中を空洞にして、真鍮の弾《はじ》き金を仕込めばよか。だが、雷管をたたく力が弱い。よって、不発を前提に、素早く連撃できる工夫を考えとるところだ」

「ほう……」

西南の激戦でスナイドル小銃の損耗が激しく、しばらくは村田も修理に追われていたようだが、開発自体は順調にすすめていたようだ。

「一月に、試作銃とシャスポー改造銃の比較試験をやってみた。感触は悪くない。それから、イギリスから小銃工作機械が導入されることになった。年末までには、完成した新式銃を陸軍に提出する予定だ」

「いよいよ、あんたの夢が叶《かな》うということか」

「そうだ」

「だが、それが叶ったら、次はどうする？」

村田は即座に答えた。

「弓の研究をやる」

「弓？　いまさらか？」

「古い技術とはいえ、弓の構造も単純じゃなか。表と裏で異なる素材を使って、矢を射出するときの威力を高めとる。奥が深く、勉強んなる」

村田は、まだ勉強をするつもりらしい。

たしか、今年で満四十歳になるはずだ。孔子にいわせれば、〈惑わず〉の年齢だ。天命を知るまで、あと十年といったところだろうに……。

「なあ、村田さん……」

「なにか？」

ただ、一つだけ、昨年の任務に関連したことで、未解決なところが残っていた。

可愛岳山頂から彼らが引き返したときのことだ。

お森の死体が、跡形もなく消滅していたのだ。

久光公配下の山伏が、証拠隠滅のために運び去ったのか、大量にぶちまけられた血の痕までがきれいさっぱり消え去っていた。

今でも、あの不気味な女のことだけは――。

現実のモノだと、五郎には思われなかった。

だから……やはり、ここでも口には出さないことに決めた。

「ん、まあ、ついでによ……」

五郎は口ごもり、照れ臭そうに顔をつるりとなでた。

「新しい刀も開発してくれると助かるがね」

その要求に、村田が眼を剝《む》いた。
驚いたのか、呆れたのか――。
しかし、その太い口元に、悪童めいた微笑が灯る。
「ん、それも面白そうじゃ」
窓から陽光が差し込んでいる。
埃《ほこり》さえも眩《まばゆ》く輝く季節であった。

終

参考文献

「イッテイ」（四谷ラウンド）「有坂銃」（光人社ＮＦ文庫）兵頭二十八
「幕末明治実歴譚」（青蛙房）綿谷雪
「塵壺 河井継之助日記」（東洋文庫）
「長岡城奪還」（恒文社）稲川明雄
「西郷隆盛伝説」（角川文庫）佐高信
「新選組・斎藤一の謎」（新人物往来社）赤間倭子
「新選組組長 斎藤一」（ＰＨＰ研究所）菊地明
「陸奥宗光とその時代」（ＰＨＰ文庫）岡崎久彦
「福地桜痴」（吉川弘文館）柳田泉
「西南戦争」（中公新書）小川原正道
「決定版 図説・幕末 戊辰 西南戦争」（学研）歴史群像シリーズ特別編集
「山の人生」（角川ソフィア文庫）柳田国男
「大砲入門」（光人社ＮＦ文庫）「小銃 拳銃 機関銃入門」（光人社ＮＦ文庫）佐山二郎
「図解 古銃事典」（雄山閣）所荘吉
「機関銃の社会史」（平凡社ライブラリー）著：ジョン・エリス／訳：越智道雄
「大日本帝国の軍用銃」（ホビージャパン）ホビージャパン MOOK
「武器と防具 幕末編」（新紀元社）幕末軍事史研究会
「船」（法政大学出版局）須藤利一
「軍艦「甲鉄」始末」（新人物文庫）中村彰彦
「警視庁史 明治編」警視庁史編さん委員会

解説

細谷正充

　角川春樹小説賞は、時代小説と縁が深い。第一回の特別賞を、鈴木英治の『義元謀殺』が受賞。第二回の大賞を、長谷川卓の『血路 南稜七ツ家秘録』が受賞。そして第六回の大賞を獲得した鳴神響一の『私が愛したサムライの娘』は、第三回野村胡堂文学賞まで受賞してしまった。さらに、ファンタジー小説『妖国の剣士』で第四回大賞受賞者になった知野みさきも、二〇一五年の『しろとましろ 神田職人町縁《えにし》はじめ』で時代小説に乗り出した。間違いなく時代小説の世界の一角で、角川春樹小説賞受賞作家が威容を誇っているのである。そこに今、新たな作家が加わった。新美健である。

　新美健は、一九六八年、愛知県に生まれる。金沢経済大学卒。小学生の頃からSFやミステリーを手にして、読書に親しむ。中学生になると、菊地秀行や夢枕獏などの作品を出していた、朝日ソノラマ文庫に夢中になった。

　また、モデルガンが好きで、モデルガンの本に載っていた銃の出てくる小説の場面の抜粋から、冒険小説やアクションにも興味を持つようになった。海外では『深夜プラス1』のギャビン・ライアルを始めとする冒険小説、日本では北方謙三と大藪春彦のハードボイルド作品に嵌《はま》ったという。

時代小説は大学時代からポツポツ読み始め、司馬遼太郎作品や、池波正太郎の「剣客商売」シリーズ、隆慶一郎の『吉原御免状』などを愛読した。

大学時代から小説の投稿を始めたが、ジュブナイルの延長線上の飛躍のある物語が書きたかったため、一般文芸の新人賞に送る気はなかった。しかし当時のジュブナイルで新人賞があったのが、コバルト・ノベル大賞（現・ノベル大賞）くらいであり、送ってはみたものの、受賞には至らず。

また、「SFマガジン」の臨時増刊号という形で刊行された「小説ハヤカワH:i!」の「投稿バトルロイヤル」というコーナーにも応募している。しかし「小説ハヤカワH:i!」がすぐに休刊になったところで、先に繫《つな》がることはなかった。

このような苦闘をする一方、一九九五年、パソコン通信のニフティフォーラム内にある「小説工房」に、書き溜《た》めた小説を投稿する。大学卒業後、富山県で就職をするが、小説の投稿を再開するため、会社を辞めようとした。そのとき、大学のOBでゲーム会社に勤務している人から声をかけられ、上京してゲームのテキストを少し書いている。

さらにその後、声優事務所がノベライズ作家を集めていると紹介され、十五年にわたり、十八禁のパソコン・ゲーム――いわゆるエロゲーのノベライズ作家として活躍することになった。この当時の代表作は、アリスソフトのゲームをノベライズした、沖田和彦名義の『戦国ランス』全五巻といえよう。また、三田村半月名義の『シャクティーウォーズ～美神大戦～』という、オリジナル作品も出版している。

しかしエロゲーの衰退によりノベライズの世界も縮小していった。三十代の半ばで、最終的に時代小説家の方に行けたらいいと思うようになった作者は、再び投稿生活に戻ることを決意。まず試験的に書いた時代小説を歴史群像大賞に送るが、一次選考にも残らなかった。

それを反省して執筆したのが、『巨眼を撃て』である。第七回角川春樹小説賞に応募したこの作品は、大賞こそ逸したものの、特別賞を受賞。選考委員では北方謙三の評価がもっとも高く、選評で、

「西南戦争を捉える視点がいい。剣客の殺気や船の場面、銃の扱い方の描写にもリアリティがある。手なれているだけに新人らしいみずみずしさは薄いが、計算された描写で無駄がない。

男の志もその生き方も、きちんと書いてある。私は本作を受賞作として推した」

と褒めているのだ。その『巨眼を撃て』が、タイトルを『明治剣狼伝 西郷暗殺指令』に改め、ハルキ文庫より刊行されることになった。すなわち本書のことである。

物語の主人公は、村田経芳。幕末動乱を戦い抜いた薩摩藩士だ。若い頃から鉄砲に魅了され、明治十年の今は、陸軍少佐として東京砲兵工廠《こうしょう》で新銃の開発に取り組んでいる。と書けば、銃に詳しい人ならすぐに分かるだろうが、日本軍が採用した最初の国産小銃・村

田銃の開発者である。

最終的に男爵にまでなったのだから薩摩藩士としても出世した方だが、あまりメジャーな存在ではなく、歴史・時代小説に登場することも少ない。今までに物語の主人公として取り上げたのは、東郷隆の『狙うて候』くらいであろうか。その人物に作者は注目した。

しかも最初の登場シーンが、実に巧みである。まず村田銃の後継である有坂銃を開発した有坂成章を出し、憧れの先達としての村田経芳を描く。それから村田本人に視点を移し、どこか世の中から外れた、鬱屈したものを抱える職人の姿を彫り込んでいくのである。外側と内側の描写を続けることにより、早くも村田経芳という男の肖像が立ち上がっているのだ。作者本人に聞いたところ、ノベライズで鍛えた手法を無意識のうちに敷衍《ふえん》したとのことだが、見事な小説技法といっていい。

おっと、この調子で称揚していると解説が進まないので、粗筋に戻ろう。有坂からの連絡を受け、陸軍卿の執務室に赴いた村田は、福地源一郎から意外なミッションを命じられる。西南戦争の首魁《しゆかい》である西郷隆盛を、救出してほしいとのこと。維新の立役者でありながら、明治六年の政変で下野した西郷が、明治十年、ついに薩摩の地で蹶起《けつき》したのだ（蹶起の理由については諸説あり）。西郷たちを相手に激しい戦いを繰り広げる新政府。しかし、西郷を助けたいという陸軍卿の山県有朋により、村田が救出隊の一員に選ばれたというのだ。

宮仕えの身では、否も応もない。大阪を経て堺に向かった村田に、警視隊の藤田五郎や、庄内藩の鈴木佐十郎と広瀬孫四郎、鉄砲をよく使う松藏という老人とお森という若い女性が加わり、救出隊が結成される。しかし救出隊のリーダーになるはずだった人物はすでに殺されており、村田たちも襲撃を受けた。おまけに誰もが腹に一物抱いており、本当に西郷を救出するのか、それとも別の目的があるのかはっきりしない。不穏な空気を纏いながら六人は、さまざまな困難を乗り越え、西南戦争中の薩摩を目指すのだった。

主人公の村田経芳を筆頭に、救出隊のメンバーは濃いキャラクターが揃《そろ》っている。松藏に関しては仕掛けがあるので、ここでは触れない。その代わりというわけではないが、藤田五郎に注目しよう。周知のように、元新撰組幹部の斎藤一の後身である。村田・松藏・お森が銃に淫しているのに対し、藤田は刀にこだわり続ける。

すでに刀の時代が去ろうとしていることを承知しながら、一剣に人生を託す彼の生き方は、銃による新時代に邁進《まいしん》しようとする村田と対照的だ。でも、だからこそ藤田は魅力的なのだ。新旧の時代を体現したかのようなふたりが並ぶことにより、互いの存在感が増していくのである。

ついでにいえば本書には、冒頭の河井継之助から始まり、福地源一郎（桜痴）や陸奥宗光など、歴史上の人物が次々と登場する。この中で珍しいのが、福地源一郎だ。幕臣だった福地は、この時代には明治政府の役人をしているが、やがてジャーナリストとして一世を風靡《ふうび》する。メチャメチャ面白い人物なのだが、その割には現代での知名度は低く、小説の主人公になっているのは小島直記の『一期の夢 小説・福地桜痴』くらいしか思い当たらない。村田経芳もそうだが、センスのある人物のチョイスだ。

また、福地と山県有朋の話になったとき、村田は〝山県さんは、小銭を集めるように権力を求める人じゃ〟と考える。この月旦には痺《しび》れた。権力への固執ぶりが過ぎて、ある意味、純粋ささえ感じさせる山県有朋という人物を、たったこれだけの文章で、鮮やかに表現してのけたのである。作者の人間観照の鋭さは、新人離れしたものだといっていい。

さらに見逃せないのが、松藏に連れられ、村田たちと行動を共にするお森という女性の存在だ。山の民の娘だというお森は、鉄砲の腕は抜群だが、まったく喋《しゃべ》ることなく、どこか人の世から外れた雰囲気を醸し出している。そして物語が進むと、彼女が神代の時代の象徴であることが、明らかになっていくのだ。

ああ、〝森〟は〝神〟であったか。またまた作者本人に聞いたところ、まったく意識しないで付けた名前だというが、だからこそ神意が宿ったのであろう。詳細は避けるが、クライマックスのあるシーンは、イザナギとイザナミによる国産みから始まった日本の神話に彩られた時代の終焉《しゅうえん》を表現している。西南戦争により滅んでいく西郷たちは、時代が変革するための贄《にえ》であり、銃は新時代の象徴となる。そして国が滅んだとしても、技術が残り、未来を照らしていくということを、高らかに謳《うた》い上げたのだ。ここに至り、物語はビッグ・スケールを獲得した。とにかく凄《すご》い作品である。

さて、タイトルに入っているから書いてしまうが、本書が題材としているのは西郷暗殺だ。明治になってからも乱が絶えなかった日本だが、西南戦争の終結により、ようやく落ち着きを取り戻す。その西南戦争の立役者である西郷隆盛は、追い詰められた状況の中で果てた。だが、作家の豊かな想像力は史実をものともしない。

曲折に満ちたストーリー、キャラの立った登場人物、迫真の戦いと、エンターテインメントの要素をこれでもかと鏤《ちりば》め、意外かつ骨太の〝物語《れきし》〟を創り上げてくれたのだ。新美健。とんでもない時代エンターテインメントを引っ提げて、デビューしたものである。

（ほそや・まさみつ／文芸評論家）

本書は第七回角川春樹小説賞特別賞の受賞作品です。

時代小説文庫
に 9-1

明治剣狼伝《めいじけんろうでん》 西郷暗殺指令《さいごうあんさつしれい》

著者 新美《にいみ》 健《けん》

2015年12月18日第一刷発行

発行者 角川春樹

発行所 株式会社 角川春樹事務所
〒102-0074 東京都千代田区九段南2-1-30 イタリア文化会館

電話 03(3263)5247[編集] 03(3263)5881[営業]

印刷・製本 中央精版印刷株式会社

フォーマット・デザイン&シンボルマーク 芦澤泰偉

ISBN978-4-7584-3970-1 C0193

http://www.kadokawaharuki.co.jp/[営業]
fanmail@kadokawaharuki.co.jp[編集] ご意見・ご感想をお寄せください。